光文社文庫

文庫書下ろし

レオナール・フジタのお守り

大石直紀

KOBUNSHA

光

この作品は光文社文庫のために書下ろされました。

目次

プロローグ

――一九四三（昭和十八）年十月

田中昇治《たなかしようじ》は、京都帝国大学吉田寮の玄関を出ると、白いワイシャツの袖をまくり上げた。もう十月に入ったというのに、雲ひとつない空からは、肌を焼くような強い日差しが降り注いでいる。

まばゆい光に目を細めながら、昇治は、寮の前から東大路《ひがしおおじ》通に延びる小道を歩き始めた。

通り慣れた道なのに、最近は、周りの景色がどこかよそよそしく見える。道の両側に植えられた木々からも、周辺に聳《そび》える大学の建物からも拒否されているように感じる。

先月、それまで猶予《ゆうよ》されていた学生に対して、軍隊への召集が決定された。今月二十一日には、東京で第一陣の壮行会が、来月には京都でも「出陣学徒武運長久祈願祭」と銘打って、大々的に壮行会が行なわれることになっている。

戦地に送られることが決まってから、昇治の世界は、それまでとはまるで変わってしまった。不安や恐怖や悲しみが、ぷつぷつと音を立てて胸の底から湧き上がっている。平静でいようとすればするほど、却って心の中が粟立《あわだ》つようだ。

重い足取りで歩きながら、ふと前方に目をやると、通りを挟んだ西側に、村田《むらた》さゆりが立っていた。白いブラウスに濃紺のスカートという清楚な姿で、両手で黒い鞄を持っている。

昇治の姿を見ると、さゆりは、はにかんだような笑みを浮かべながらお辞儀した。昇治も、つられて頭を下げる。喜びが、粟立つ心を少しだけ落ち着かせた。

足早に通りを渡り、さゆりの前に立つ。

「待ってたんですか？」

胸の高鳴りを抑えながら尋ねると、

「今、来たところです」

恥ずかしそうにうつむきながら、さゆりは答えた。

「先に行っていてくれればよかったのに」

二人が向かう場所は、そこから北にわずか数分、百万遍《ひゃくまんべん》の交差点の手前にある。「百万遍」という変わった呼び名は、悪疫から人々を救うために、後醍醐《ごだいご》天皇の勅命により、法《ほう》然《ねん》ゆかりの知恩寺《ちおんじ》の空円《くうえん》が念仏を百万遍唱えたことから付けられたという。交差点の角には、知恩寺がある。

「ほんまに、今来たところですから」

笑いながらさゆりが言い訳する。

しかし、それは嘘だろう。目的地までのわずか数分をふたりで過ごすために、さゆりは待っていてくれたのだ。気持ちは自分も同じだった。たとえわずかな時間でも、ふたりきりでいたかった。

昇治とさゆりは、並んで百万遍の方向に歩き始めた。一歩一歩、噛みしめるようにゆっくりと歩を進める。

後ろから来た白い割烹着《かっぽうぎ》姿の婦人が、足早に二人を追い越していった。その肩には「欲しがりません勝つまでは」と書かれたたすきをかけている。

婦人から目を逸らすと、

「お父さんの具合は、どうですか？」

気になっていることを、まず昇治は尋ねた。

さゆりの実家は、京都御苑の南に店を構える老舗の料亭で、両親と、三つ違いの兄、四つ年下の妹の五人家族だった。兄妹の仲はとてもよく、昇治は、兄や妹ともよく遊んだ。

何度か家に夕食に招かれたこともあり、両親も歓待してくれた。

ただ、跡取りとして店で働いていた兄は、半年前に出征《しゅっせい》していた。店で働いていた男たちもすでに全員が召集されており、食材不足もあって、百年以上続いてきた料亭の看板は下ろすしかなくなった。

父親が倒れたのは、店を閉めた直後のことだ。最近ではほとんど寝たきりになっているという。

「あんまりようありません」

さゆりの表情が翳《かげ》った。

「ちょっと前までは、家族といっしょに食事してたのに、今は床でお粥《かゆ》を食べるくらいで……」

「そうですか……。お兄さんから、便りは？」

さゆりの兄は、南方に送られたと聞いていた。

「この一ヶ月程は、ありません」

足元に視線を落としながら答える。

「昇治さんのご両親は？　元気にしてはりますか？」

「ええ」

昇治はひとりっ子だった。実家は三重県四日市《よっかいち》市にあり、父は教師をしている。学徒出陣が決まったとき、母は泣き崩れ、父は、無念そうに固く目を閉じて拳を震わせていた。

東一条通を渡ると、前方に独逸《ドイツ》文化研究所の建物が見えてくる。その屋根には、ナチスの紋章である鉤《かぎ》十字の旗がはためいている。そして、路地のような細い道を隔てた北側には、白亜三階建ての建物がある。そこには、青、白、赤の三色に染められたフランス国旗が揚がっている。ふたりが向かう関西日仏学館だ。

ふたつの国の敷地を隔《へだ》てる細い道の前で、昇治は立ち止まった。隣を歩いていたさゆりも足を止める。

「知ってますか？」

言いながら、昇治は、道の奥に目を向けた。

「この道はね、アルザス通って呼ばれてるんです」

「アルザス？」

小首を傾げながら、さゆりが訊き返す。

「ドイツとフランスの間にある、アルザス地方のことです。アルザス地方は、そのときどきの国力によって、ドイツ領になったりフランス領になったりするんです」

「へえ……」

　さゆりも道に目を向ける。

「今までのヨーロッパの戦況を考えると、この道はドイツ領だったと言えますが、どうやらこのところドイツは苦戦しているようです。この道がフランス領になる日も、そう遠くないかもしれません」

　さゆりは、慌てて辺りを見回した。

「大丈夫ですよ。近くに人はいません」

　昇治は笑った。

　ドイツは日本の同盟国だ。悪口を言っているのを誰かに聞かれたら、面倒なことになるかもしれない。そんなことは、昇治にもわかっている。

「ただでさえ日仏学館への風当たりは強いんですから、あんまりそういうことは――」

「すいません」

　昇治は、素直に頭を下げた。

　でも、学徒出陣は目の前に迫っている。そうなったら、自由に物を言うことは全くできなくなる。今のうちに、さゆりの前でだけは、思っていることを素直に話しておきたかった。

　ふたりは、再び歩き出した。

壁に沿って進み、関西日仏学館の門の前に出る。

昇治は二十一歳、さゆりは二十歳で、それぞれ京都帝国大学と京都女子高等専門学校の学生だった。昇治はフランス文学の専攻、さゆりはスタンダールやバルザックなどフランス文学の愛読者で、ここには、ふたりとも去年の四月からフランス語を習いに来ていた。昇治にとっては、今日が最後の授業だ。

門の前で立ち止まると、昇治は、その先にある白亜の建物に目をやった。明日には四日市の実家に帰り、家族と過ごすことになっている。壮行会の前には京都に戻ってくるが、この門をくぐることは二度とないだろうと思った。

昇治の気持ちがわかったのか、さゆりも、黙ったまま視線を学館の建物に向けている。

しばらくして、昇治が先に歩き出そうとしたとき、

「昇治さ〜ん!」

百万遍のほうから、女性が呼んだ。

立ち止まり、首を捻《ひね》ると、おさげ髪をなびかせるようにして、もんぺ姿の少女が駆けてくる。

「ふみちゃん」

さゆりが驚いたような声を上げた。

駆け寄ったのは、さゆりの妹の文乃《ふみの》だ。

「ああ、よかった。間に合《お》うた」

ぜいぜいと荒い息をしながら、ニキビの目立つ頬を弛《ゆる》める。文乃は十六歳だが、童顔のせいで二つ三つ年下に見える。

「どうしたん。あんた、今日は勤労奉仕やろ?」

戦争で男手が足りなくなったため、女学生は、授業の代わりに、勤労奉仕として週に何度か軍需工場で働かされているのだ。

文乃は、用事があると教官に断わって、少しの時間だけ抜けてきたのだと答えた。

「明日、昇治さん、実家に帰らはるんでしょう? しばらく会われへんようになるから、ひと目だけでもと思って。すぐに戻らなあかんのやけど」

リュックを開けると、文乃は、中からお守りを取り出した。

「これ、この前、天神《てんじん》さんでもうてきたんです」

「天神さんて、あんた、学問の神様やんか」

さゆりが可笑《おか》しそうに笑う。

地元の人に「天神さん」と呼ばれ親しまれている北野天満宮は、菅原道真《すがわらのみちざね》を祀った神社だ。確かに、これから戦争に行く人間に渡すお守りにはふさわしくないように思える。

しかし、文乃は、

「せやからやんか」

さゆりに向かって、口を尖《とが》らせた。

「昇治さんが無事に帰ってきて、また学問ができるようにて、うちは、そういう願いを込めたんや」

なるほどと思えなくもないが、どこかずれている気もする。でも、少女らしい純粋な気持ちがうかがえて、昇治は嬉しかった。

「ありがとう。大事にする」

笑顔を向けながら、昇治はお守りを受け取った。文乃は嬉しそうだ。

ひとりっ子の昇治は、文乃を妹のように思っていた。文乃のほうは、勉強しろとか女らしくしろとか、いつも口うるさい実の兄を煙たく思うことがあるらしく、昇治に甘えてくることがよくあった。それが嬉しかった。

頭ひとつ分背の高い昇治の目に、文乃は、真っ直ぐな視線を向けている。

その大きな瞳が見る間に潤み、唇が震え始める。

その頭を、昇治は、やさしく撫でた。

「まだすぐに戦争に行くわけじゃないし、また会えるから」

実家から京都に戻ったとき、さゆりの家族には挨拶に行くつもりでいた。

「お気をつけて。ご実家のお父さまお母さまによろしくお伝えください」

大人が言うような言葉を口にすると、文乃は「工場に戻るから」とさゆりに告げ、踵《きびす》を返した。

何度も振り返り、手を振りながら、文乃が遠ざかっていく。

「あの子も寂しいんです。兄が出征したと思ったら、今度は昇治さんまでいいひんようになるんやから」

ため息まじりにさゆりがつぶやく。

「店も続けられへんようになったし、父は臥《ふ》せっているし――、この先、どうなんのか……」

昇治は、言葉を返すことができなかった。しかし、困窮しているのはさゆりの家族だけではない。むしろ、困窮していない家族を探すほうが難しいだろう。戦争が終わることしか、問題を解決する道はないのだ。

「行きましょう」

昇治がうながし、ふたりは歩き出した。

学館の前に広がる庭の中を進み、白い瀟洒《しょうしゃ》な建物の玄関をくぐる。

人影はない。三年前にドイツがフランスを占領してから、日仏学館に対する軍部の締め付けは徐々に強くなり、今では特高の監視の目も光っている。フランス語を習いに来る生徒の数も激減していた。

教室は二階にある。正面の階段の前まで進んだ昇治は、しかし、そこで足を止めた。授業が始まるまで、まだ少し時間がある。もう少し、ふたりだけでいたかった。さゆりも同じ気持ちだったのだろう。昇治が、階段を上がらずその手前で左に曲がり、建物の西側に続く廊下を歩き出すと、黙ってあとをついてきた。

廊下の突き当たりのわずか手前、左手に木製の大きな扉がある。扉は開いていた。そこは、小さなホールだった。戦争が始まる前には、賓客《ひんかく》を招いてのパーティーなどが開かれていたようだが、今は、テーブルや椅子は壁際に寄せられ、白い布を被せられている。

そのがらんとしたホールの奥の壁に、一枚の巨大な絵画が展示されている。この学館が建てられた一九三六（昭和十一）年に、藤田《ふじた》嗣治《つぐはる》が寄贈した「ノルマンディーの春」という題名の油彩画だ。

ホールを横切って進むと、ふたりは、並んでその絵の前に立った。

南側に連なる大きな窓から差し込む光が、作品をやわらかく浮かび上がらせている。

右側に三人の少女と白い犬、左側に白い花をつけた大きなリンゴの木、そして中央には教会などの街並み――。戦争の影などみじんも感じさせない、のどかで平和な絵だ。

ふたりは、黙ったまま目の前の絵を見つめた。

このまま時間が止まってほしいと昇治は思った。ずっとこのままでいたかった。

昇治は、さゆりと出会った頃のことを思い出していた。

ふたりが親しくなったのは、この絵がきっかけだった。

一年半前――。昇治にとって初めてのフランス語の授業が終わり、教室のある二階から一階に降りてきたとき、前を歩いていた女性が、玄関に向かわず、廊下を歩き出した。昇治と同じ列で授業を受けていた女子学生だったが、横顔がとてもきれいで、印象に残っていた。

どこに行くんだろうと思い、遅れてあとに続いた。

廊下の奥にある扉は開いていた。以前にも来たことがあるのか、彼女は、なんの迷いもなく中に入った。日仏学館でフランス語の授業を受けるのは、昇治はこの日が初めてだったが、授業自体はこれまでに何回か行なわれている。女子学生は、最初から受講していて、すでに建物の中のことをよく知っているのかもしれない。

扉の前に立ち、そっと中を覗く。

女子学生は、奥の壁に展示されている巨大な絵画の前に立っていた。

この学館に藤田嗣治が寄贈した絵画が展示されていることは聞き知っていたから、あれがそうなのだと、すぐにわかった。ただ、藤田の作品より、女子学生の後姿に、昇治は見惚れた。

女子学生は、薄桃色のセーターに深緑色の長いスカートを身に着けていた。すらりとした長身で、真っ直ぐに立つその姿勢は、実に凛《りん》としていた。開いていた窓から吹き込む風が、肩の辺りで切りそろえた髪とスカートを揺らす。彼女自身が、絵画の一部のように見えた。

その日は、そっとその場を離れた。とても声をかける勇気はなかった。しかし、胸の高鳴りはしばらくの間続いた。

翌週の授業のあとは、昇治が先に絵の前に行った。

美しい絵だった。じっと見ていると、外で戦争が行なわれていることが嘘のように思えた。

人の気配に気づき、振り返ると、あの女子学生が入口に立っていた。先客がいることが意外だったらしく、入ろうかどうしようか迷っているように見える。

昇治は頭を下げた。つられたように、女子学生もお辞儀を返す。

彼女が入って来やすいように、昇治は、絵の前から数歩退いた。どうぞ、というように、軽く右手を上げる。

もう一度軽くお辞儀をすると、女子学生は、おずおずと前に進み出た。昇治の横を通り過ぎ、絵の前に立つ。

「素晴らしい絵ですね」

勇気を振り絞って、後ろから声をかけた。

「はい」

振り返り、女子学生が返事をする。

昇治は自己紹介した。声が震えているのが自分でわかった。

恥ずかしそうにうつむきながら、女子学生も名前を教えてくれた。授業のあとは、いつもここに来て絵を鑑賞するのだという。彼女は、ここにいるときは戦争のことを忘れられるのだと付け加えた。

それからは、いつもふたりで絵の前に立つようになった。

数ヶ月間は、絵の前で立ち話をするだけだった。次第にその時間が長くなり、やがて、会話の場所が喫茶店に移った。そして、映画に行き、食事にも出かけるようになった。兄妹に紹介され、実家の料亭にも招待された。

ふたりは、フランス文学について語り合い、民主主義とファシズムについて意見を交わした。嗜好や考え方は、ほとんど一致していた。ふたりは、恋人であり、同志でもあった。

しかし、ふたりの仲が深まるのと同時に、戦争は泥沼の状況に陥っていった。

そして——、学徒出陣が決まった。

「これを見るのも、今日が最後です」

絵の前に立つと、ひとりごとのように昇治は漏らした。

何度ここでさゆりと立ち話をしたかわからない。ここは、間違いなく、昇治とさゆりにとって特別な場所だった。戦争は、そんな大切なものも、ふたりから奪おうとしている。

「最後なんて……、そんなことありません！」

さゆりは、強く否定した。その声が、空っぽのホールにこだまする。

「戦争が終わって、ご無事に帰って来られたら、また——」

「そうですね」

昇治は微笑んだ。

「帰って来ることができれば……」

「帰って来られます」

きっぱりとさゆりは言った。

「私は、お帰りをずっと待ってます」

昇治は、さゆりに視線を向けた。

さゆりは、真っ赤な目で昇治を見つめている。

昇治は動揺した。今の戦況から見て、戦地に送られれば、生きて帰ることはほとんどないだろう。そんなことはさゆりもわかっているはずだ。

「お願いです。生きて帰って来てください」

掠《かす》れた声でさゆりは言った。その両目から、涙がこぼれ落ちる。

「もし、無事に帰って来ることができたら……」

思わず、昇治は話し始めていた。この日までずっと口に出さないよう耐えていたのに、さゆりの涙を見て心の中の壁が崩れた。

「僕と――」

そこで昇治は、言葉に詰まった。

帰って来られないことがわかっているのに、求婚など間違っている。しかも、こんな場所で。

ただ、正直に気持ちを打ち明けるには、今や自由と民主主義の砦《とりで》になっている日仏学館の、ふたりが大好きなこの絵の前が一番ふさわしいのではないかとも思う。

「僕といっしょになってください。僕の妻になってください」

覚悟を決めると、昇治は言った。

「はい」

深くうなずきながら、さゆりは、しっかりした声で答えた。その唇が震え、涙が溢れ出す。

胸の中にくすぶっていた不安や恐怖や悲しみが、一瞬にして消え去った。歓喜だけが、胸に湧き上がった。

そのまま、無言で見つめ合う。時間が止まったように感じた。

右手を伸ばし、さゆりの手を握ったとき——、昇治は、背後に人の気配を感じた。

さゆりも気づいたのだろう、ふたりは、同時に振り返った。

ホールの入口に、見たことのない初老の男がいた。半白《はんぱく》の丸刈り頭に、丸眼鏡、茶褐色の国民服。ひょろりとした細い身体を丸めるようにして立っている。

昇治は、慌てて手を離した。

それを見て、男が、バツが悪そうな顔で目を伏せる。

「行きましょうか」

さゆりをうながし、絵の前を離れようとしたとき、

「ご出征されるのですか？」

男が尋ねた。

「はい」

昇治が答えると、男は、つかつかとふたりの前に歩み寄った。「ちょっと待っていてください」と言いながら肩から下げていた鞄に手を入れ、中から小さな帳面を取り出す。それを開くと、胸ポケットに差していたペンで、すらすらと何かを描き始めた。

どうしたらいいのかわからず、昇治もさゆりも、黙ったままじっとその場に立ち尽くしていた。

わずか一分足らずで、男はペンを止めた。帳面のページを破り、それを昇治に差し出す。

「これを、お守り代わりに。ご武運をお祈りしています」

そう言って深々と頭を下げ、踵を返す。

ご武運をお祈りしています――、と口にしながら、男の目は悲しげだった。

足早に男が遠ざかる。昇治もさゆりも、呆気《あっけ》にとられながらその後姿を見送った。

「あ――」

突然、さゆりが声を上げた。腕時計に目を落とし、

「授業が始まってます」

慌てた様子で涙を拭う。

昇治も、自分の腕時計に目をやった。最後の授業は、すでに始まっている。

「急ぎましょう」

昇治は、先に立って歩き出した。ホールを出て廊下を小走りに進み、階段を上がり始める。

すると、後ろを歩いていたさゆりが、突然「待ってください」と声をかけた。

踊り場まで来ていた昇治が立ち止まり、振り返る。

さゆりは、玄関に視線を向けていた。男の姿はもうない。

「今の方、藤田嗣治画伯ではありませんでしたか？」

「まさか」

即座に昇治が否定する。

藤田画伯といえば、おかっぱ頭にロイド眼鏡、鼻の下のちょび髭が特徴だ。それに、いつも奇抜な衣装を身に着けていたはずだ。さっきの男とはまるで違う。それに、渡された

のは、ひと筆書きで子どもが描いたような絵だった。

「見せてくださいませんか」

「どうぞ」

昇治は、男が描いた絵を渡した。手にしたさゆりが首を捻る。

その絵にどういう意味があるのか考えているのだろう。昇治にもわからなかった。

「よかったら、それ、あなたが持っていてください」

絵に視線を向けたまま考え込んでいるさゆりに向かって、昇治は言った。

「けど、あの方はあなたにと――」

「こんな紙切れ、戦場に持っていっても、雨に濡れたり破れたりして捨てるのはわかりきっています。それより、あなたが持っていてくれたほうがいい。あの人が本当に藤田画伯だったら、ご利益があるかもしれません。無事に戻って来ることができたら、そのときは、本当に藤田画伯だって信じますよ」

「いいんですか？」

「どうぞ」

さゆりは、自分の鞄の中に、大事そうにその絵をしまった。

「行きましょう」

昇治はうながした。これが最後の授業なのだ。ちゃんと受けてから出征したい。
ふたりは、足音を響かせて階段を駆け上がった。

昇治

I

──一九九三（平成五）年五月

戦争で、心の一部が壊れてしまった。

地獄のような日々を経験して、戦争前とは違う人間になってしまった。そんな自分が、自分で怖かった。

それでも、日本に帰ったら、元の姿に戻れると思った。そう信じた。

しかし、逆だった。日本には、戦争とは違う地獄が待っていた。心の傷は深くなるばかりだった。

どうにもならない現実に苛立ち、自暴自棄になって悪事に手を染めた。そして、刑務所に入れられた。

出所してからは、自分に何ができるのか、何をすべきか考え続けた。

ある日、小説を書き始めた。

工事現場と安アパートを往復する単調な日々に耐えられなかったせいもあるが、作家になるのは学生時代からの夢だった。

戦場での体験を赤裸々《せきらら》に書き綴った。

四十二歳のとき、その作品が認められてデビューした。

それからは、出版社から乞われるままに書き続けた。

幸い、発表した作品のほとんどは好意的な評価をもらい、人気作家とまではいかないが、それなりのポジションを得ることができた。日本経済が急成長する中で本の売れ行きも伸び続け、蓄えもできた。

結婚して、娘をもうけ、離婚し、ひとりになった。

時代は、昭和から平成に変わった。

七十歳を超えた今、人生で起きうることはほとんど経験したような気がする。

あとは、無理しない程度に作品を執筆し、書けなくなったら筆を擱《お》いて、環境のいい老人ホームに入居し、静かな隠居生活を送る。

苦しまないで安らかに死ぬことが、今の昇治の最大の望みだった。

II

1

右手の先に痺《しび》れが走った。
手にしていた万年筆が指から滑り落ち、原稿用紙の上を転がる。
刺すような痛みが頭を襲う。
昇治は、左手で額を押さえながら呻《うめ》き声を上げた。
——血圧が高いですし、血糖値も上がっています。気をつけてください。
健康診断のときの医者の言葉が、脳裏に甦《よみがえ》った。
立ち上がろうとしたが、右足に力が入らず、椅子から崩れ落ちる。

目が霞《かす》み始めている。
まずい、と思った。
大きなデスクの端には、ファックス付きの電話機が置いてある。
左手を伸ばして受話器を外す。しかし、右腕が上がらない。感覚がない。恐怖と焦りで
パニックになりかけながら、左の人差し指で119のボタンをプッシュする。
デスクに寄りかかると、昇治は、受話器を耳にあてた。
〈火事ですか、救急ですか？〉
男の声が、わんわんと耳の奥で反響する。
「頭が、割れるように痛い。右手と足が痺れて、力が入らない。目も霞んでる」
必死でそう訴え、男に尋ねられるまま、名前と住所、年齢を告げる。
〈すぐに救急車が向かいます。そのまま動かずに、楽にして――〉
男の声が遠くなった。
昇治は、意識を失った。

2

ノックの音に、個室の中央に置かれたベッドで寝ていた昇治は、ドアのほうに首を捻った。

大きなドアが滑るように横に動き、中年の女性が入ってきた。

慌てて出てきたのだろう、トレーナーにジーンズ、スニーカーというい で立ちで、化粧もほとんどしていないように見える。ショートカットの髪は、寝ぐせなのか、ところどころが跳ねている。

元妻の明日香《あすか》。顔を合わせるのは半年振りだ。

ふたりは、やあ、というように同時に手を上げて微笑んだ。いつも通りの挨拶だ。

しかし、明日香は、すぐに心配そうな顔になった。

「大丈夫？」

つかつかとベッドに歩み寄りながら声をかける。

「大丈夫なら、こんなところにいない」

「減らず口たたけるんなら、調子はよさそうね」

ベッド脇に置かれた椅子に腰を下ろすと、明日香は、五十六歳にしてはすらりとした足を組んだ。

前日の夕方に倒れてから、昇治は、救急車で病院に運ばれ、緊急治療室に入って検査と治療を受けた。脳梗塞《のうこうそく》だった。

今日の午後になって容体が安定し、きちんと会話ができるようになると、病院のスタッフから親族の連絡先を訊《き》かれた。両親はとっくに亡くなっているし、ひとり娘はアメリカに留学中で、付き合いのある親戚は近くにいない。昇治は、スタッフに、まず出版社の担当編集者に電話をかけて事情を説明し、その編集者に、明日香に連絡を取るよう伝えてほしいと頼んだ。

明日香は日本画家だ。本の表紙の装画を描いてもらったことがきっかけで付き合うようになり、妊娠をきっかけに籍を入れた。いわゆる「デキちゃった婚」だった。昇治が四十五歳、明日香が三十歳のときだ。

五年前に別れたが、それからも仕事上の付き合いは続いており、担当編集者も明日香のことはよく知っている。何より、同じ世田谷区に住んでいるから、すぐに飛んでくることができる。実際、病院のスタッフと話してから今まで、一時間ほどしか経っていなかった。

「で、どうなの？　病気はひどいの？　医者はなんて言ってるの？」

遠慮の欠片《かけら》もない口調で明日香は尋ねた。

「命に別状はないってさ。症状もそんなに重くはないそうだ。ただ、治療とリハビリで、一ヶ月ぐらいは入院が必要になるらしい」

「リハビリって？」

「右半身に、ちょっとだけ後遺症が出るかもしれないんだと。症状が軽ければ早く退院できるみたいだけど」

「口はちゃんと動くみたいね」

「そうでもない」

呂律《ろれつ》が回らないというほどのことはないが、言葉を発するときに、それまでにはなかった引っかかりを感じる。意識しないと、きちんと発音ができない。

「右半身てことは……、ペンを握るほうか……」

明日香は、わずかに眉をひそめた。

「引退するよ。もう充分書いた。ずっと前から考えてたんだ」

本当は昨日死んでいてもよかったくらいだ――、というセリフは言わないでおいた。そんなことを口走ったら、明日香は本気で怒り出す。

「ワープロ習ったら？　今の作家はだいたいワープロでしょ？　今どき原稿用紙に万年筆なんて流行らないわよ。指一本動かせれば書けるんだし」

「今から新しいこと習うなんて、そんな面倒くさいこと、絶対やだ」

「だったら、口述筆記は？　テープに吹き込んで、編集者に起こしてもらえばいいんじゃない？」

「もういいよ」

昇治は渋面を作った。

「それなりに蓄えはあるし。介護付きのそこそこ豪華な施設に入って、死ぬまで優雅に暮らすさ」

「でも、あなたの小説待ってる人って、まだたくさんいるのよ。簡単にあきらめないでよ」

「もういいって。引退するって決めたんだ」

「ホントに、本気なの？」

「もちろん」

ため息をつきながら胸の前で腕を組むと、明日香は、椅子の背にもたれた。どう説得するか考えているように見える。

明日香は、昇治の作品の一番の愛読者だ。昇治のデビュー当時、明日香はまだ二十代で、本の装画の仕事を始めたばかりだったのだが、作品をとても気に入った明日香は、デビュー作を刊行した出版社に、自ら売り込みに行ったのだという。その積極果敢な姿勢が編集長に気に入られ、その画風も認められて、それ以後、同じ出版社から出す本は、ずっと明日香が表紙の装画を手がけている。その関係は、離婚してからも続いていた。

「あのさ――」

組んでいた腕をほどきながら、明日香が口を開く。

そのとき――、ノックの音がした。

ふたりが同時に、開くドアに顔を向ける。

担当編集者の浮橋《うきはし》だった。まだ二十代の若い編集者だ。

「あ、どうも」

ふたりの視線に、どぎまぎしたような様子でぺこりと頭を下げる。

「どうぞ、入って」

明日香にうながされ、浮橋はベッドに歩み寄った。

「大丈夫ですか?」

恐る恐るといった口調で尋ねる。

「大丈夫なら、こんなところにいない」

「あ、調子はよさそうですね」

浮橋は、ホッとしたような表情になった。

明日香が笑いをこらえている。

「俺は、引退することにしたから」

いきなり昇治は言った。

「え、なんで？」

一転して浮橋の表情がひきつる。

「右半身に麻痺が残るそうだ。ペンが持てない」

「いや、それなら、ワープロを使ったらどうです。今の作家はみんなワープロですよ」

「今から新しいこと習うなんてごめんだ」

「だったら、口述筆記を――」

そこで、我慢できずに明日香は吹き出した。昇治も声を上げて笑った。浮橋だけが、きょとんとしながらふたりの顔に交互に視線を向ける。

「何がおかしいんです？」

「ま、それはいいから」

笑いながら明日香が口を挟む。

「私も、引退しないでくれって頼んでたとこなのよ」

「もう決めたんだよ」

「じゃあ、今、うちで連載してる作品はどうなるんです」

昇治に向かって、浮橋が身を乗り出す。

「そうよ。私も楽しみにしてるのに」

小説誌に連載中の小説は、作家の夫と画家の妻、そしてひとり娘の日常を、ブラックユーモアをまぶしながら描いたものだ。言うまでもなくモデルは自分たちだ。すでにアイディアが枯れ果てていたこともあるが、筆を折る前に自分たちのことを書いておくのも悪くないと思って始めた作品だった。それが予想外に好評で、連載が終わったらすぐに単行本化することが決まっていた。

「仕方ないじゃないか、書けないんだから。『急病のため断筆します』って、次の号で断わってよ」

「だって、もう終盤ですよ。あとちょっとで完成なんですよ」

浮橋は必死だ。

「そうよ。勝手にモデルにされて、結末がわからないまま終わりなんて冗談じゃないわ。ちゃんと最後まで読ませてよ」

「とりあえず当分の間は休載でいいですけど、今の作品だけは――」

「わかったよ」

昇治は折れた。確かに、もう少しで完結するところまで書き終えている。なんとかなるだろうと思った。

「でも、本当にそれで最後だからな」

「やった！」

一転して、浮橋は満面の笑みを浮かべた。

「じゃあ、断筆前最後の作品ってことで」

それで何万部かは売り上げが伸びるとでも計算しているのだろう。出版社にとって、作家などしょせん商売道具に過ぎないのだ。

「あ、そういえば――」

今思い出したとでもいうように、浮橋は声を上げた。

「編集部に手紙が届いてましして」

言いながら、手にしていたバッグから封書を取り出す。

「うちの編集部気付だったんで、中身は読ませてもらいました」

出版社宛てに届くファンレターなどは、ほとんどの場合開封して中を検《あらた》めることになっている。いわれのない誹謗中傷や脅迫文などが送られてくることがごくたまにあるから、それは仕方がない。

しかし――、

「おいおい、こんなときにファンレターかよ」

それはないだろうと思いながら、昇治は眉をひそめた。

「私も迷ったんですけど、差出人の方にもご事情があるみたいなんで……」

「事情？」

「はい」

浮橋は、封書を差し出した。

表には出版社の住所と名称、「気付」と書かれたその横に昇治のペンネーム。さらに、ペンネームの横には、括弧して「田中昇治様」と本名も記されている。

どうして本名まで書いたのだろうと訝《いぶか》りながら裏返す。

そこには、差出人の名前だけが記されていた。

それを見た昇治は、あまりの驚きに目を剝《む》き、息を呑んだ。封筒を持った左手が震えた。

「どうしたの？」

明日香が訊く。

昇治は答えられなかった。それは、過去の亡霊からの手紙だった。

右腕を動かそうとして、指が自由にならないことを思い出した。腕には点滴の針も刺さっている。

「悪いが、便箋を出して開いてくれ」

封書をいったん浮橋に返す。

緊張した面持ちで中から一枚の便箋を抜き出すと、浮橋は、それを広げて、改めて昇治に差し出した。

きれいだが、筆圧の弱い、ところどころに乱れが見える文字が並んでいる。

それは、時候の挨拶もない、短い手紙だった。

『私は、重い病で、もう長い間入院生活を送っています。

おそらく、今後退院することはないと思います。

死ぬ前に、どうしてもあなたに伝えておかなければならないことがあります。

お忙しいこととは存じますが、どうか、なるべく早く面会にお越しください。

何卒よろしくお願い致します。』

本文の横には、京都の病院の名前と病室番号、そして名前が記されていた。

『村田さゆり』

便箋を手にしたまま、昇治は目を閉じた。

まばゆい日差しの中、白いブラウスと濃紺のスカートを身に着け、はにかんだように笑うさゆりの姿が瞼《まぶた》の裏に浮かぶ。脳梗塞を起こしても、記憶はなくならないらしい。

「すまないが、ひとりにしてくれ」

声が震えた。

明日香と浮橋は、顔を見合わせた。浮橋が目で合図を送り、先にドアのほうに歩き出す。ベッドを振り返りながら、明日香が続く。

ふたりの姿がなくなると、昇治は、改めて便箋に目を落とした。

さゆりと最後に会ったのは、もう四十年以上も前のことだ。それ以来、ずっと音沙汰はなかった。それなのに、今頃になって、いったい何を伝えようというのだろう。

自分が作家だということを、さゆりはいつ知ったのだろうと、昇治は考えた。本名とはまるで違うペンネームを使い、経歴はぼかし、顔写真などもメディアに載らないよう気をつけていた。

ただ、十五年前にそこそこ大きな文学賞を受賞したとき、ゴシップ系の雑誌に、昇治の前科に関する記事が出たことがあった。その中では、昔、昇治に暴力を振るわれ、金を脅し取られたという男が、生々しい証言をしていた。それをきっかけに、被害者だという人物が次々に名乗りを上げ、その雑誌は続報を打った。彼らが証言している犯罪のほとんどは心当たりのないものだったが、雑誌は事実として彼らの告発を取り上げた。記事の中では、昇治の本名も顔写真も晒《さら》された。

昔犯した罪については、初期に書いた自伝的な作品の中で全部告白しているし、裁判にかけられ服役もした。それに、大人気作家でもないから、目玉記事というわけではなかった。昇治の名前と写真が晒された号の特集は、後楽園球場で行なわれた「キャンディーズファイナル・カーニバル」のリポート記事だった。

とはいえ、雑誌で取り上げられたことの反響はそれなりに大きく、一時期出版社には、毎日数十通の、苦情・脅迫・出版差し止めを要求する等の手紙や葉書が届いたらしい。

さゆりは、そのとき、昇治のことを知ったのかもしれない。

いずれにしても、昇治が小説家であることを知っている以上、さゆりは、刊行された作品を読んでいるはずだ。

小説家になった最初の頃は、戦地での体験と、その後の収容所生活、さらに、帰国してから愚連隊に入って悪事を繰り返し、挙句に逮捕されて入った刑務所でのエピソードなど、実体験に基づいた作品が多い。

ただ、戦後、京都で自分がしたことについては、一行も書いていない。

――戦中戦後を描いた作品を読んで、さゆりはどう感じたのだろう。

その胸の内を考えると、ぞわぞわと胸が粟立った。

穏やかな老後を送り、安らかに死んでいくことだけが望みだったのに、逃げていた過去からいきなり爆弾が送りつけられてきたようだ。

それにしても――、と昇治は思った。タイミングが悪過ぎる。

さゆりは重病だという。文面だけでは、いつまで生きられるのか、はっきりしない。面会に行くのなら、一日も早いほうがいいに決まっている。ただ、医者は、治療とリハビリで一ヶ月近く入院が必要だと言っていた。症状が軽ければもう少し早く退院することは可能らしいが、どちらにせよ、今すぐ京都には行けない。

――どうすべきか。

無視するか、正直に今の状況を伝えるか、どちらかしかないのは、はっきりしている。

悶々《もんもん》としながら考え続けていたとき、ドアがノックされた。

入ってきたのは、医師と看護婦だった。

血圧が上がっているのを見て、医師は、点滴に使う薬の種類を変えるよう看護婦に指示した。そのあとは、簡単な診察をしただけで、お大事に、と声をかけて出て行く。

医師と看護婦が出て行くのを外で待っていたのか、入れ代わるようにして再び明日香が姿を現した。浮橋は会社に帰ったという。

「沙希《さき》に電話しといた」

椅子に腰を下ろしながら、明日香が報告する。

ひとり娘の沙希は、写真家になるのが将来の夢らしいのだが、とにかくニューヨークに住んでみたいというので、英語も話せないのに、大学を中退して、単身でアメリカに渡った。五年前のことだ。今は、現地で知り合った友だち数人とアパートの部屋をシェアしながら、ニューヨークにある芸術系の専門学校のようなところに通っているらしい。

「向こうは真夜中だろ?」

日本との時差は、確か十三時間だったはずだ。今は十四時を少し回ったところだから、ニューヨークは午前一時過ぎということになる。

「まだ起きてたわよ。あなたのこと、命に別状はないって話したら、今忙しいから夏休みになったら帰るって」

「元気でやってるのか？　あいつ」

この五年間、一度も連絡はない。

「あれ、心配してるの？」

おどけた口調で、明日香が訊く。

昇治のほうからも、沙希に連絡したことはない。最後に話したのは日本を離れる前だ。元々会話の少ない親子だった。

――お父さんは、私にもお母さんにも関心がないよね。

沙希が言ったひとことが、不意に脳裏に甦った。

思えば、その言葉が離婚に向かうきっかけになったといってもいい。

中学三年になったとき、沙希は、全寮制の高校に行きたいと言い出した。その学校は、生徒の自主性と創造性を重んじるユニークな教育をすることで有名で、反対する理由はなかった。「好きにしたらいい」と昇治は言った。沙希は、表情を変えることなく、「ありがとう」と答えた。

十一年前――。中学を卒業して家を出て行くとき、リビングのソファに座ったまま玄関まで見送りに出ようともしない昇治に向かって、沙希は、さっきの言葉を言い放った。

そして、

――お母さんが、なんでお父さんといっしょにいるのかわからない。ふたりを見てると苛々する。これで、やっと解放される。

そう続けた。

昇治は愕然《がくぜん》とした。そのとき初めて、沙希が家を出て行こうと決めた本当の理由は、自分にあるのだとわかった。沙希は、一日も早くこの家から出て行きたかったのだ。

過去のトラウマが原因なのか、昇治は、人との距離の取り方がわからない。だから、人と深く関わることは、いつも避けてきた。人の気持ちに寄り添おうとしたことも、心から誰かを信用したこともない。

娘のことは愛していたし、心配もしていたが、それをどう伝えたらいいのか、娘の人生にどこまで踏み込んでいいのかがわからない。娘との距離がどんどん開いていくのは感じていたが、自分では為すすべがなかった。

ひとつ屋根の下で暮らしていながら、沙希は、昇治を赤の他人のように感じていたのかもしれない。そして、そんな父親を一生懸命支えようとしている母のことが、理解できなかったのかもしれない。

沙希がアメリカに渡るとすぐ、昇治のほうから離婚を切り出した。明日香は、昇治の唯一の理解者だといってもよかったが、それゆえに、いっしょに暮らすことは、彼女にとって負担になっているはずだった。

明日香には、画家としての才能があった。自分のような出来損ないの人間のために、これ以上神経をすり減らしたり、時間を浪費してほしくなかった。

「聞いたわよ。手紙のこと」

明日香の声で、昇治は我に返った。

枕元に置いたままの便箋に目をやる。さゆりが書いた文字が目に入り、再び胸がざわつき始めた。

娘のことは気になるが、今はそれどころではない。

「浮橋が言ったのか？　手紙の内容を？」

「浮橋くんを責めないでね。教えてくれないと、二度とあんたのとこの仕事はしないって、私が脅したんだから」

昇治は、小さく舌打ちした。

予想はしていた。手紙の内容を、明日香が知ろうとしないはずはない。だいたい編集部ではすでに読まれてしまっているのだから、秘密にしたくてもできはしない。

「どうするの？」

「行きたくても行けないでしょ」

「まあな」

「代わりに私が行ってこようか？　代理の元妻ですって名乗って」

「バカいえ」

昇治は苦笑した。

「じゃあ、私が手紙を書いてあげる。事情を説明して、退院したら駆けつけるからって」

「まだ行くと決めたわけじゃない」

「なに言ってんの」

明日香の声が尖る。

「重病の女性が、最後に伝えたいことがあるって言ってるのに――」

「君には関係ない」

「私、その人のこと、知ってるわよ」

「はあ？」

昇治は眉をひそめた。

「うそだろ」

「私たちが結婚して、二年か三年目ぐらいだったと思うけど、あなたの大学時代の友だちが何人か家に遊びに来たことがあったでしょ？　みんな酔っ払って、戦時中や戦後のことを話し始めて……、そうしているうちに、あなたも珍しくべろんべろんに酔っ払って、友だちが帰ったあとも呑み続けて……。そのとき、『ノルマンディーの春』の前で結婚を誓った女がいたって、あなた、ひとりごとみたいに言ってた。しかも、泣きながら」

「覚えてない」

「でしょうね」

明日香は肩をすくめた。

「あんなに酔っ払ったあなたを見たのも、あなたが泣いたのを見たのも、あのときが最初で最後だったけど……。あなたは、『さゆり』って名前を何度も繰り返してた」

全く記憶にない。昇治はうつむき、弱々しく首を振った。

「すごく苦しい思い出みたいだったし、若い頃のことは、元々あなたは話したがらなかったから、私は何も訊かなかった。でも、こうなったら話は別よ」

「別ってなんだ。君とは関係ないだろ」

「ねえ。その人との間で、いったい何があったの？」

「だから、君とは関係ない！」

苛立ちを露《あらわ》に吐き捨てる。

「関係なくはない」

明日香の表情が険しさを増した。

「あなたのあんな姿見て、私だってショックだったんだから」

明日香が、ひとつ息をつく。

「私ね――、あなたといっしょに暮らすようになってすぐ、この人はいつも何かに怯《おび》えてるようだって感じたの」

「怯える？」

「そう。夜中によくうなされてたし、ふとしたときに、心ここにあらずみたいな、暗くて、どこか遠くを見るような目つきになることもあった。最初の頃は、小説家なんてみんなそういうものなのかもしれないって思ってたんだけど、あなたが酔っ払ったあの夜、理由がわかったような気がした。あなた、さゆりさんの存在に、ずっと怯えてたんじゃないの？」

昇治は唇を噛んだ。

明日香の言う通りだ。さゆりの存在は、どんなときにも頭の片隅にあった。

「手紙を出そうよ。それこそ口述筆記で。私が書いてあげる。いいよね？」

昇治が答える前に、「売店で封筒と便箋買ってくる」と一方的に告げると、明日香は病室を出て行った。

仰向けに寝た姿勢で天井を見つめたまま、昇治は、鉛のようなため息をついた。

こうなったら仕方がない。もう一度会うしかない。

昇治は覚悟を決めた。

すると、最後に会ったときの、さゆりの姿が脳裏に浮かんだ。

驚きに歪《ゆが》んだその表情を思い出し、どうして俺は昨日死んでしまわなかったのだろうと、昇治は思った。

3

さゆりから返事が届いたのは、入院している病院宛てに手紙を出してから十日後だった。

返事は、やはり病院に届いた。

『ご事情はわかりました。

お待ちしています。』

便箋には、それだけが書かれていた。

「電話じゃ話せない内容ってことでしょうね」

便箋を昇治に返すと、苦い表情で明日香は言った。

こちらから出した手紙には、「もし電話で話すことが可能なら、日時を指定してもらえれば、とりあえずすぐにでもこちらから病院に電話をかける」と書いた。それについては、何も触れられていない。

「手紙が書けるくらいだから、病状は安定してるんだろうな」

「まあ、そうかもしれないわね。とにかく早く退院して京都に行かないと。私もいっしょに行くからね」

「なに言ってんだ」

昇治は、眉を吊り上げた。

「君には関係ないって言ってるだろ。もう夫婦じゃないんだぞ」

「あなたね――」

明日香が目を細める。

「身体の自由が利かないのに、ひとりで遠出できると思ってるの？」

「そんなこと、ちゃんとリハビリさえすれば――」

「退院しても右半身に少し麻痺は残るって、お医者さん、言ってたでしょ。慣れちゃえば、なんでもひとりでできるだろうけど、退院したばかりのときは、杖ついて街歩くのだって初めてなのよ。危なっかしくてひとりじゃ行かせられないわよ」

「小学生みたいに言うなよ」

「似たようなもんでしょうよ」

「必要ない！」

「あなた、誤解してるようだけど――、私は、あなたとさゆりさんの話に首を突っ込むつもりはない。話すときはふたりきりにしてあげる。私は、ただ、死期が迫ってる女性が、最後の望みを叶える手伝いをしてあげたいだけよ」

「君は、もしかして俺が途中で気が変わって、会わずに帰ってくるかもしれないとでも思ってるのか？」

「その可能性は否定できない」

明日香は腕を組んだ。

「あなたは、さゆりさんと会うのを怖がってる。病院の前まで行ったのに、会わずに引き返してしまうかもしれない。私がいれば、引きずってでも連れて行ける」

「君には関係ないって、何度言ったらわかるんだ」

「関係あるわよ。だって、私たちが別れたのだって、さゆりさんの存在があったからじゃないの？」

「何を言ってるんだ」

「あなたが酔っ払ったあの夜からずっと、私は、あなたの側《そば》にさゆりさんの存在を感じてた。さゆりさんの影が、いつもあなたに憑《と》りついてた」

「それが離婚の原因だってのか？」

「あなたは、さゆりさんの影に怯えてた。だから、私と娘にまともに向き合うことができなかったし、普通の家庭生活を送ることができなかった。今思い返せば、そう思う。違うって言える？」

ぐっと、昇治は言葉に詰まった。

「私は、あなたに、過去に決着をつけてほしいと思ってる。神様があなたを死なせなかったのは、それをさせるためだったのかもしれない。そう思わない？」

「なんで君は、そんなに俺に構うんだ」

「なんでかな……」

明日香は目を伏せ、ため息をついた。

「私ね……、あなたがべろんべろんに酔っ払った日からずっと、本当のあなたを知りたい、あなたを理解したいって思ってたのよ。あなたは、底なしの絶望感みたいなものを心の中に抱えてて、そのことで苦しんでて……、それを見てるのがつらかった。出来れば、その闇から解放してあげたかった。あなたが好きだったし、尊敬してたしね」

「尊敬？」

「あなたが書いた作品を読めば、自分の人生や理不尽なこの世の中と真摯に向き合おうとしてる人だってことはわかるわよ。そんな人だからこそ苦しんでるんだって……。だから、なんとかしてあげたかった。結婚してるときはダメだったけど、今なら力になれるかもしれない。あなたが過去と向き合うの、手伝わせてもらえないかな」

「たとえ君でも……、俺の過去を話す気はない」

「いいわよ、別に、話してくれなくても。あなたが、自分自身で決着をつけることさえできればね。私は、ただ、その手伝いをしたいだけなの。それに、沙希もね、私があなたをサポートすること、賛成してくれたのよ」

「嘘だろ」

「本当よ」

明日香は笑った。

「ああ、そういえば、この前電話で話したとき、あの子、言ってたわよ。あなたが連載してる小説は、最後までちゃんと続けてほしいって」

「読んでるのか？　沙希が？」

「雑誌をコピーして、手紙といっしょに私が送ってるのよ。最初は、読まないで捨てられちゃうかと思ってたんだけどね。そうでもなかった。結構面白がってるみたいよ。お父さんの自分に対する気持ちがわかって面白いって」

「そうか……」

意外だが、嬉しかった。

連載を始める前、明日香に作品の内容を伝えてもらったところ、沙希からは、書くのは勝手だけど自分のことはあまり出さないよう釘を刺されたと聞かされていた。それでも昇治は、沙希のことを書いている。いっしょに暮らしていたとき、言葉にできなかった娘に対する気持ちを、素直に書き綴っている。もしかしたら、自分はこの小説を、沙希に対して書いているのかもしれないと考えることがある。

その思いは、少し通じたようだ。

「あの子は、もうあなたが知ってる子どもの頃の沙希じゃないからね……、あの子なりに、あなたのことを知ろうとしてるのよ。どうしてあなたが普通の家庭の父親とは違ったのか、その理由は何なのか、自分のことを本当はどう思っていたのか……、小説とはいえ、自分たちがモデルだからね、考えるところがあるんじゃないかな。それは、私も同じ。でもね――」

明日香は、胸の前で組んでいた腕をほどいた。

「あの小説の中でも、あなたは本当のことを書いてない。あなたの本当のトラウマのことを避けて書いてる。私は、あなたが抱えてる闇について自分から話してくれる日を、ずっと待ってた。結局あなたは、私と沙希から逃げてしまったけど……。でもね、いっしょに暮らしてたときは、あなたの態度にイラついたり、腹を立てたりしたけど、離婚して離れて暮らしてると、そういう気持ちはなくなって、客観的にあなたを見られるようになった気がする。今なら、なんていうか――、第三者的な立場で力になれると思うよ」

昇治は、ひとことも口を挟むことができなかった。ただうなだれて、明日香の話を聞いていた。

昇治も同じだった。結婚していたときは、明日香の存在を鬱陶《うっとう》しいと感じることがあった。ひとりきりにしてほしいと思うことがしょっちゅうだった。でも、離れて暮らしてみて、明日香がどんなに自分に気を遣ってくれていたか、その存在がどれほど自分の支えになっていたか、改めて思い知らされた。今、こうして親しく付き合うことができているのも、明日香のやさしさ、心の広さのおかげなのだ。

「というわけで、いいわよね。いっしょに行くからね」

「ああ」

今の自分には明日香が必要なのかもしれない。そう思った。

「よかった。じゃ、契約成立」

明日香が笑顔でうなずく。

それからは、読みたい本はないか、家から持ってきてもらいたいものはないか、出版社に連絡したいことはないか——、等々を尋ね、それをメモした。そして、昇治から家の鍵を受け取ると、病室を出て行った。

明日香がいなくなった病室にひとりでいると、この世の果てに取り残されたような気がした。

さゆりが、あの世に自分を引っ張り込もうとしている。

今や、明日香だけが、自分をこの世に繋《つな》ぎとめてくれる存在に思えた。

Ⅲ

1

昇治が配属された部隊が向かったのは、今では国名が「ミャンマー」に変わったビルマと、中国との国境近くにある陣地だった。一九四四（昭和十九）年六月のことだ。

昇治たちの部隊が到着した直後から、中国国民党軍の猛攻が始まった。後に「拉孟《らもう》・騰越《とうえつ》の戦い」と呼ばれる戦闘だ。

国民党軍は、アメリカから支給された最新式の武器を使って攻撃してきた。仲間は次々に死んでいった。

腹に開いた穴から内臓が溢れ出したり、全身をバラバラに吹き飛ばされた兵隊もいた。怪我で動けなくなった兵隊は、自らこめかみを撃ち抜いて自害した。あまりの恐怖で気がふれて、笑いながら森の中をうろつく兵隊もいた。

足を一本失った兵隊は、「おいていかないでくれ」と、泣きながら取りすがった。昇治は、その兵隊を蹴飛ばして逃げた。絶対死ぬわけにはいかなかった。

——生きて日本に帰り、さゆりさんといっしょになる。

銃弾や爆弾が雨あられと降ってくる中でも、考えていたのはそれだけだった。

部隊から離れて、昇治は、ひとりで山中に逃げ込んだ。どの方角に向かっているのかは、まるでわからない。ただ、戦場から遠ざかることだけを考えた。川の水で喉を潤し、かたつむりを殻ごと食べて飢えをしのいだ。

昇治は、二日間寝ずに歩き続けた。そして、精も根も尽き果てて木陰に横たわっていたとき、やって来たビルマ軍の兵隊に見つかった。どうやら、ビルマ側に深く入り込んでいたようだ。周りを囲まれ、銃を突きつけられた。

ビルマは、一年前に形だけ独立し、日本の傀儡《かいらい》政権が国を牛耳《ぎゅうじ》っていた。反日派のゲリラ兵も山中に潜んでいると聞いていたが、身に着けている軍服から見て、昇治を取り囲んでいるのは政権側の兵隊に違いない。安全な場所に保護してもらえるのではないかと期待した。

しかし、トラックに乗せられて連れて行かれたのは、山中に造られた、敷地の周りに何重にも有刺鉄線が張り巡らされた、バラックのような収容所だった。そこには、五、六十名ほどの男が収容されていた。ビルマ人だけでなく、僻地に住む少数民族や、中国人らしい者もいた。

昇治を連行したのも、その収容所を管理しているのも、傀儡政権側の兵隊であることは間違いなかった。しかし、すでに日本の敗色が濃厚な状況では、彼らにとって日本兵は単なる厄介者でしかなく、とりあえず収容所に放り込んだということのようだった。

言葉はまるで通じなかった。中国人らしい男と筆談を試みたのだが、日本人を憎むその男からは、殴る蹴るの暴行を受けた。他の収容者は、ただ黙ってその様子を眺めていた。

朝早くから陽が沈むまで、昇治たちは外で働かされた。森を切り拓き、道を作り、橋をかけた。食事は一日に二度、薄い粥が与えられるだけだった。作業中、かたつむりを見つけるとすぐに口に放り込み、食べられそうなきのこを見つけると持ち帰って細かく裂き、粥の中に入れた。

戦争が終わったことは、収容所で知った。ビルマ人の半分ほどは解放され、ほどなく中国人も出て行った。しかし、どういう選別が行なわれたのかはわからないが、ビルマ人の中でも解放されない者は多く、少数民族の男たちと昇治も残された。

その後は、何人かずつビルマ人が解放され、それとほとんど同じ数のビルマ人が新たに収容された。少数民族も、何人かが入れ替わった。収容所には、常時三十人前後の人間がいた。

昇治だけは、解放される気配がなかった。新しく赴任した年寄りの所長に直談判《じかだんぱん》したが、言葉のわからない所長は、まるで聞く耳を持たなかった。

中国共産党軍の兵士が収容所に来たのは、終戦から二年以上経ってからだった。中国人の収容者がいないかを確認に来たようだったが、昇治が日本人だと名乗ると、連れ出してくれた。

数ヶ月間、中国側の収容施設に入れられたあと、列車に乗せられ、上海に向かった。

そして、昇治は、日本への引き揚げ船に乗った。

一九四八（昭和二十三）年の春だった。

2

杖を突いて歩くのは、確かに骨が折れた。

東京駅の人ごみを掻き分けるようにして歩き続け、新幹線に乗り込んだときには、すでに青息吐息だった。明日香がいなかったら、発車時間に間に合わなかったかもしれない。

京都駅が近づくにつれて、緊張で全身が震え始めた。ホームに降り立ったときには、息苦しく、喉が渇き、しばらくの間、一歩も進めなくなった。

ひとりなら、このまま引き返してしまったかもしれないと思う。しかし、明日香は、腕を摑んで離さなかった。そして、病室で言っていた通り、昇治を引きずるようにして歩き出した。

来年は「平安遷都一二〇〇年」にあたるらしい。ホームやコンコースの柱や壁には、有名な神社仏閣や、仏像、絵画、日本庭園などの写真が使われたポスターが貼られている。そのキャンペーンにつられてなのか、大きなバッグを手にした観光客の姿が目につく。団体客や、修学旅行生の姿もある。駅構内は、大変な混雑ぶりだ。

五月には、それまで日本ではマイナースポーツの部類に入っていたサッカーがプロ化され、「Jリーグ」と名を変えて華やかに開幕し、つい先日の六月九日には、皇太子と小和《お わ》田雅子《だ まさ こ》さんのご成婚パレードが行なわれ、世間はふたりの姿に熱狂した。去年から日本の景気は悪化し始めていたが、世間は、まだ浮ついた気分の中にいるようだ。

そんな世間の雰囲気とは正反対に、足取り重く京都駅を出ると、昇治は、明日香に手を貸してもらいながらタクシーに乗り込んだ。

京都を最後に訪れたのは、十年ほど前だろうか。ずっと来るのを避けていたのだが、映画化された自分の作品の撮影が京都で行なわれていたとき、出版社が出演者との対談を設定してしまい、ほとんど無理やり連れてこられた。自分の意志で来るのは、最後にさゆりの姿を見て以来、四十五年振りだ。

タクシーから見える風景は、十年前と少し変わっていた。バブル経済時代に、それまでなかったモダンな高層建築が次々に建てられたようだ。戦時中はほとんど空襲を受けず、せっかく昔ながらの風景が残されていたのに、新しい建物が京都から風情を奪っているように見える。

昇治は、車窓から外を眺めるのをやめ、軽く目を閉じた。

鴨川《かもがわ》に沿って北上したタクシーは、十五分ほどで、さゆりが入院している病院に着いた。玄関前で車を降りると、昇治は、気持ちを落ち着けるために「ちょっと待ってくれ」と頼んだが、明日香は聞き入れてくれなかった。腕を引っ張られ、強引にロビーに連れ込まれる。

エレベーターで三階に向かい、目の前の壁に掲げられた、病室の位置を示す案内板に目をやる。

さゆりがいるはずの303号室の場所を確認すると、明日香は、昇治の腕を引いて歩き始めた。ナースステーションのカウンターの前を通り過ぎ、目指す病室の前に立つ。

ドアの横の壁に、入院患者の名前を記したパネルがある。順に名前を確認していく。

「おかしいわね」

明日香はつぶやいた。「村田さゆり」の名前がないのだ。

ちょうど通りかかった看護婦を呼び止める。

その看護婦から返ってきた答えに、昇治も明日香も絶句した。

「村田さんは、一週間ほど前にお亡くなりになりましたけど」

それを聞いて、全身から力が抜けた。その場に崩れそうになったところを、明日香と看護婦が慌てて支えてくれる。

——遅かった。

後悔と同時に、どこか安堵する気持ちもあった。そんな自分の気持ちに、昇治は戸惑った。

明日香と看護婦は、病室からすぐのところにあるトイレの前に昇治を連れて行き、その壁際に置かれた長椅子に腰かけさせた。

明日香が看護婦に、面会に来た事情をかいつまんで説明する。

最後に、明日香は、どなたか親族の方と話がしたいと付け加えた。昇治への遺言が残されているかもしれないと考えたのだろう。

ここで待っているよう指示すると、看護婦は、足早にナースステーションのほうに引き返した。しばらくすると戻って来て、一階の受付カウンターに行くよう指示する。職員が対応してくれるという。

明日香は、昇治の腕を取って立ち上がらせた。エレベーターまでは、看護婦が付き添ってくれた。丁寧に礼を言い、一階に降りる。

カウンターの向こうでは、ベテランらしい事務職員の女性が待っていた。手にはファイルを持っている。入院患者のリストかもしれない。知らせを受けて、用意したのだろう。

さゆりから届いた手紙を見せながら、明日香が、改めて事情を説明する。職員は、全く表情を動かさずに最後まで話を聞いていた。

いったん奥に引っ込むと、職員は、上司らしい男性としばらくの間話をしていたが、やがて、さっきまでと同じポーカーフェイスのまま戻ってきた。

「患者さんの個人情報をお教えすることはできないんです」

淡々とした口調で告げる。

「でも、私たち、東京からわざわざ――」

言いかけた明日香を、手を上げて制すると、

「こちらから、ご親族の方に電話をかけることはできます」

職員は続けた。

「今、ご親族の方の連絡先に電話をかけます。ご親族の方の了解がいただければ、直接お話しいただくなり、こちらで連絡先をお教えするなりできるかと思います」

昇治と明日香は、顔を見合わせた。昇治がうなずく。もちろん、それで文句はない。

職員は、カウンターの上に置いてある電話の受話器を取り上げた。開いたファイルのページに目を向けながら、番号をプッシュする。

仕事先にかけたのか、職員は、電話に出た相手に「ムラタヨシコさんをお願いします」と取次を頼んだ。

――村田。

さゆりの娘だろうか。

ヨシコが出ると、女性職員は、明日香から手紙を受け取り、宛名として記されているペンネームと本名を口にした。亡くなった村田さゆりさんから手紙を受け取って、今、ここに本人が来ているのだと説明する。

昇治は、息を詰めて相手の返事を待った。

「お話しされるそうです」

職員が、受話器を差し出した。

昇治が受け取り、耳にあてる。

「お電話かわりました。私、田中昇治と申します」

〈はい〉

若くはない女性の声がした。

「あの……、村田さゆりさんからお手紙をいただきまして。どうしても伝えたいことがあると――」

〈忘れてください〉

突き放すように、ヨシコは言った。

〈母は脳腫瘍でした〉

母――、という言葉に、昇治の心臓が小さく跳ねる。自分が話しているのがさゆりの娘だとわかった途端、受話器を持つ手が震え出した。

〈最期の数週間は、意識や記憶が混乱して、普通の状態ではありませんでした。あなたに差し上げた手紙は、そんな中で書いたものです。ですから、お気になさることはありません。わざわざ来ていただいて申し訳ありませんが、お帰りください〉

「いや、あの――、だったら、せめてご焼香くらい」

〈あなたのことは、生前に聞いていました。私たちのことは、放っておいてください〉

そこで、一方的に電話は切れた。

――あなたのことは、生前に聞いていました。

その言葉だけが耳の奥でこだまする。

「どうだったの？」

横に立つ明日香が訊く。

「放っておいてくれ、って……」

呆然としながら、昇治は、職員に受話器を返した。

「何よ、それ」

明日香は、憮然《ぶぜん》とした表情だ。

しかし、もうどうしようもない。このまま帰るしかない。

「では、私はこれで」

受話器をフックに戻した職員が、お辞儀をして踵を返しかける。それを、「ちょっと待ってください」と明日香が止めた。

「あの……、村田さんのご葬儀の会社は、こちらの病院で手配したのでしょうか」

「葬儀会社、ですか？」

振り向いた職員は、不審げな表情で繰り返した。

「はい」

明日香がうなずく。

職員は、ファイルに目を落とした。すぐに目を上げ、「そのようですね」と答える。

「教えていただけませんか？　ご迷惑はおかけしませんから」

「どうしようってんだ」

昇治が訊くと、

「東京からわざわざ来たのよ。これくらいであきらめるなんて、私は嫌よ」

明日香は、早口で答えた。

——葬儀会社から、さゆりの親族の連絡先を訊き出そうというのか。

「お願いします！」

職員に向き直ると、明日香は、深々と頭を下げた。

「そう言われましても……」

「村田さんのご親族の方は、何か誤解なさってるんです。私たちは、ただ生前の村田さんについてお話をうかがいたいだけなんです。こちらで聞いたとは言いません。病院には、絶対にご迷惑をおかけしませんから」

明日香の懇願に、職員は、心を動かされたようだった。黙ってペンをとると、カウンターの上のメモ用紙に葬儀社の名前を書き、明日香に渡してくれた。

ふたりで繰り返し礼を言い、カウンターを離れる。

ロビーには長椅子が何列にも並べられ、薬の調合や診察費の精算を待っている患者たちで、八割ほどが埋まっている。空いている席に昇治を座らせると、明日香は「電話をかけてくる」と言い残して、ロビーを奥に向かった。壁際にいくつも公衆電話が並んでいるのが見えていた。

一番端の電話の前に行くと、明日香は、職員から渡されたメモを見ながらダイヤルした。ぺこぺことお辞儀をしながら、必死の形相で話し始める。すると、しばらくして、目の前に置いたメモ用紙に、自分のペンで何か書き始めた。どうやら、作戦は成功したらしい。いったん受話器を置くと、明日香は、またダイヤルした。しかし、今度は誰も出なかったらしく、すぐに受話器を置く。

「村田さんの家の住所がわかった」

昇治に歩み寄りながら、得意げに明日香は言った。

「どうやったんだ？」

「古い友人が急に亡くなったという連絡をもらって東京から飛んできたけど、慌てていたので住所録を置いてきてしまった。連絡してくれた知人の連絡先も、亡くなった友人の家の住所や連絡先もわからない。でも、せっかく東京から来たので、お焼香だけでもして帰りたい。それで今、京都にある葬儀社に順番に電話をかけているところだ。お忙しいところお手数をおかけして申し訳ないが、村田さゆりさんという女性の葬儀をそちらで受けたかどうか調べていただき、もし受けていたなら、村田さんのお宅の住所と電話番号を教えてもらえないだろうか」

「君は、画家にしとくにはもったいないな。今から役者になったらどうだ」

「高校時代は演劇部だった」

「初耳だな」

「夫婦でも知らないことはあるのね」

「元、夫婦だ」

明日香は笑った。

メモ用紙には、左京区一乗寺《いちじょうじ》の住所が書かれている。

「葬儀の喪主はさゆりさんの娘さんで、ヨシコは『芳《かんば》しい』の芳子だって。さゆりさんと同居してたらしい」

そんなことまで訊き出したのかと舌を巻いた。役者より探偵のほうが向いているかもしれない。

「あなた、このあたりの土地鑑、ある？」

「ないよ。大昔には行ったことがあるけど、京都にはずっと近寄らないようにしてたんだ」

「自宅の電話にかけたけど、誰も出なかった。職員の人がさっきかけたのは、仕事先だったんだろうね」

「どうするんだ？」

「夜なら自宅にいるだろうから、それまで時間をつぶすしかないわね。明るいうちに家の場所を確認しておいたほうがいいかな。今から行きましょう。その前に、ホテルを予約しとく」

「泊まるのか？」

「帰りの新幹線の時間気にしながら話せるような、簡単な問題じゃないでしょ？　いいわね」

有無を言わせず、明日香は再び立ち上がった。

さっきと同じ電話機の前に立つと、電話帳のページをめくり始める。宿泊施設全般の広告が出ているページを見て、適当なホテルを選ぼうというのだろう。さほど迷うことなく、番号をプッシュし始める。

明日香の行動は、昔からテキパキしていて無駄がない。部屋がとれたらしく、すぐに戻ってきた。

「ツインひと部屋でいいわよね。元夫婦だし」

「襲ったりはしないよ」

明日香に支えられながら立ち上がり、杖を突いて歩き出す。

玄関前で客待ちをしていたタクシーに乗り込むと、明日香は、メモ用紙に書かれた住所を告げた。

病院を出て賀茂大橋を渡り、高野《たかの》川に沿って北に向かう。

京都の街は、周辺をぐるりと山に囲まれている。六月初めの今の季節は、新緑の緑が目にまぶしいほどだ。街の中心には見たことのないビルがたくさん建っていたが、郊外に来ると、昔ながらの風景がいくらかは残っている気がする。

東側に見える山の斜面には、五山の送り火のとき最初に点火される「大」の字が見えている。鴨川の川べりにさゆりとふたり並んで腰を下ろし、送り火を見物したときのことが頭を過《よぎ》った。

3

「この辺やと思うんですけどねえ」

住宅街の一画で車を停めると、後部座席を振り返りながら運転手が言った。

「ありがとう」

車窓から辺りを見回しながら、明日香が応える。

右半身が思うようにならないと、車に乗るのも降りるのもひと苦労だ。よいしょ、と声を出しながらやっとのことで外に出る。

周辺には、平屋や二階建ての木造住宅がぎっしりと建ち並んでいる。

「さて」

道路脇に仁王立ちした明日香が、住所を書いたメモ用紙に目を落とした。番地まで記憶したのだろう、それを昇治に渡す。

「あなたは、こっちを真っ直ぐ。私はこっちの通りを見るから」

そう指示すると、さっさと歩き出した。

杖を突きながら、昇治も歩き出す。

平日の昼過ぎで辺りに人の姿は全くなかったのだが、一本先の通りの角から、突然、車椅子に乗った人を含む十人ほどの集団が現れた。見たところ、ダウン症の人が多いようだ。子どもだけでなく、中年の男女も混じっている。近くに施設でもあって、散歩に出たのだろうか。みんな楽しげに笑いながら、ゆっくりこっちに向かってくる。

立ち止まり、集団が行き過ぎるのを待つ。

彼らに付き添って先頭を歩いていた中年の女性が「すいません」と言いながら頭を下げた。他にも、若い女性や初老の男性が引率しており、うまく歩けない人の腕に手を添えている。

すでに杖なしでは歩けない自分も、近い将来、介助がなければ外を出歩けなくなるのだろうか、などと考え、すでに明日香の手を借りなければ東京から出ることもできなかったのだ、と思い直した。

ひとつ大きなため息をつき、また歩き出す。

ところどころ、電柱に、町名と番地が記されたパネルが貼られている。それを確認しながら進む。

ほどなく、こっちの方向ではないとわかった。踵を返したとき、パタパタと足音が響き、角から明日香が姿を現した。どうやら、家が見つかったようだ。

「こっちよ、こっち！」

明日香は、興奮した様子で手招きした。

それは、ひび割れが目立つコンクリートの壁に囲まれた、小ぢんまりした古い平屋だった。門扉から玄関までは一メートルもない。表札には「村田」とだけ記されている。

——ここにさゆりが住んでいたのか。

昇治は、門扉の前で身体を強張《こわば》らせた。

さゆりが結婚していたのはわかっている。

——苗字が村田なのは、離婚したということか。

苦い思いが胸に湧いた。

さゆりには、できれば幸せな人生を送っていてほしかった。

横に立つ明日香が、一歩前に出た。なんの躊躇《ちゅうちょ》もなく、インターホンに付いたチャイムボタンに指を伸ばす。

ピンポーン、という軽やかな音が屋内で響いた。

しかし、しばらく待っても、応答はない。

「やっぱり留守みたいね。夜まで待とう」

カーテンの閉まった窓を見ながら、明日香は言った。

「お腹減った。ホテルのチェックインまではまだ間があるから、とりあえず何か食べよう」

「あんまり食欲はないけどな」

「私はあるわよ」

「元気だな、君は」

「腹が減っては戦ができん」

昇治の腕をとると、明日香は歩き出した。

「私ね、行きたいところがあるの」

「どこに？」

それには答えず、ちょうどやって来たタクシーを止めると、明日香は、「関西日仏学館まで」と運転手に告げた。

4

白亜三階建ての瀟洒な建物は、記憶の中にあるものと同じだった。

東大路通を隔てた東側には、京都大学のキャンパスが広がっている。南に下れば、吉田寮もまだ残っているらしい。ただ、アルザス通の南側に、もう「独逸文化研究所」はない。今は、京都大学の研究施設になっている。

門をくぐると、緑豊かな庭が広がっていた。昔と違うのは、テーブルや椅子が置かれていることだ。明日香によると、学館の一階、かつてホールがあった場所では、今は「ル・フジタ」というレストランが営業しており、庭でも食事ができるようになっているという。この日も、何組もの客が、外でランチを楽しんでいた。

庭の中央にある噴水の周りには桜の木が何本も立ち、その前後には藤棚も造られている。庭の端には、菩提樹らしい巨大な木が枝を広げている。とても優雅で美しい庭だ。

明日香に支えてもらいながら庭の小道を歩き、玄関に続く短い階段を上がって、建物の中に入る。

明日香は、京都に来る前に、現在の関西日仏学館のことを調べたのだという。それによると、「ノルマンディーの春」は、レストランの壁に展示されているらしい。

階段の前を左に折れ、西側に向かって延びる廊下を進む。かつてホールの出入口だった場所には、今はレストランのドアがある。

中に入ったところで、昇治は目を瞠った。それは、かつての空っぽのホールではなかった。室内には、エンジ色のクロスをかけたテーブルが十卓ほど並び、半分ほどの席が食事を楽しむ客で埋まっていた。楽しげな会話の声と同時に、ナイフとフォークを扱うカチャカチャとした音が店内に響いている。

「ノルマンディーの春」は、以前と同じ場所にあった。

テーブルの間を縫って、ゆっくりとその前に進む。

昇治は、明日香と並んで、絵の前に立った。

――三人の少女。

――その傍らに寝そべる白い犬。

――白い花をつけた大きなリンゴの木。

――教会を中心にした街並み。

何度も何度も、さゆりといっしょに鑑賞した絵だ。

横に立つ明日香が、一瞬、さゆりに見えた。

すると、戦後、日本に帰国し、ここに来たときの記憶が、頭の奥から噴き出してきた。

この絵の前で、昇治は、さゆりを待っていたのだ。

＊

一分が一時間にも感じられた。

もうすぐさゆりに会えると思うと、興奮で全身が火照《ほて》っていた。

求婚したときのことを思い出しながら、昇治は、「ノルマンディーの春」の前に立ち尽くしていた。

どれだけそうしていたかわからない。

白いブラウスと濃紺のスカートを身に着けたさゆりの姿が頭に浮かんだとき――、

背後で足音が響いた。

＊

昇治は呻いた。

身体から力が抜け、わずかによろめく。

すぐに明日香が支えてくれる。

「大丈夫？」

背中に手をあてると、明日香は、ゆっくりさすってくれた。

手のひらの温もりが伝わり、少しだけ気持ちが落ち着く。

その様子を見ていたのだろう、コック服を身に着けた若い女性が駆け寄ってきた。

「大丈夫ですか？」

心配そうな顔で尋ねると、「こちらにどうぞ」と言いながら、近くのテーブルに誘導してくれる。絵が一番よく見える席だ。

「ありがとう。もう大丈夫だから」

椅子に腰を下ろすと。昇治は、無理に笑みを作った。

「絵を見てね、興奮しちゃったのよ」

おどけた口調で明日香が説明する。

「なんせ、思い出の絵を四十何年か振りに見たもんだから」

「そうですか」

女性が笑顔でうなずく。

「たまに、昔からこの絵のファンだっていうお客さまがおみえになることがあります。この絵にはとてもいい思い出があるって、話してくださった方もいらっしゃいました」

さゆりの姿が、昇治の脳裏に浮かんだ。

「それにしても、美術館でもないのに、よくこんなにいい状態で展示できてますよね」

明日香の言葉に、女性は微笑んだ。

「うちがここに店を開いたときは――、もう六年も前ですけど、そのときは、絵には布が被せてあって……、長い間放っておかれたような状態だったんですけどね」

それから、絵の汚れを取り、手入れを施して、今の状態に戻したのだという。

昇治は、改めて作品に目をやった。戦中戦後の混乱を経ているにもかかわらず、確かに、当時と何も変わっていないように見える。色などは、むしろ鮮やかになっているような気さえする。

「こうやってまたこの絵を見ることができて、本当に嬉しいです」

「そう言っていただけると、私も嬉しいです。絵を大事にしてきたかいがありました」

女性は笑顔で応えた。

聞くと、彼女はシェフの娘で、レストランをオープンしたときからここで働いているという。

それから、女性は、簡単にランチメニューの説明をしてくれた。注文を訊くと、「ごゆっくり」と言って頭を下げ、踵を返す。

「私の叔父が西洋画の画家だってこと、覚えてる？」

明日香は、絵に顔を向けたままの昇治に声をかけた。

「ああ」

首を捻りながら、昇治が応える。

「確か、北海道に住んでる叔父さんだよな」

「叔父はフジタが好きでね。若い頃、何枚も模写したらしいの。やっぱりフジタは凄いって言ってたな」

明日香は、グラスの水を口にしながら「ノルマンディーの春」に目を向けた。

グラスを置くと、昇治に向き直る。

「でもね、フジタほど、日本と世界で評価が違ってる画家っていないのよ。明治以降で彼ほど世界的に称賛された日本人の画家は、他にはいないと思うんだけど、日本での知名度は、それほどでもないんだよね」

昇治とさゆりとの間で何があったのか、明日香は知りたいはずだ。その性格から考えれば、訊きたくてうずうずしているだろう。でも、明日香は、我慢してくれている。さゆりと直接関係のない藤田の話題を持ち出したのも、昇治のことを気遣ってくれているからだろう。

昇治は、その話に乗ることにした。

「なんで、そんなに評価が分かれてるんだ？」

「一九二〇年代にフジタがパリにいたときは、彼のおかしな行動ばかりが日本に伝わったのよね。毎晩のどんちゃん騒ぎとか、奇抜な衣装で仲間といっしょに街を練り歩いたりとか、女性絡みのスキャンダルとか……。見かけも、おかっぱ頭とロイド眼鏡に鼻の下のちょび髭でしょ？　そんなこんなで、日本では、芸術性の欠片もないただの道化師だって伝えられたのよ。でも、彼は本当の天才だった。間違いなく」

「でも、戦時中は軍に協力して、戦争画を描いたんだよな。なんか、それが腑《ふ》に落ちないんだけど」

昇治は、藤田が描いた凄惨な戦争画を見たことがある。「ノルマンディーの春」を描いた同じ画家の手によるものとは、とても思えなかった。

「確かに、戦争中は軍の求めに応じて戦争画をいっぱい描いたんだけどね。もしかしたら、それは、日本という国に受け入れてほしかったからかもしれない。それまでフジタは、日本画壇からは冷たい目で見られてたからね。フジタの描いた戦争画は、芸術性も高くて、誰もが認めざるを得なかったのよ。それでフジタは、ようやく日本での居場所を見つけられたの」

「でも、戦後は、そのせいで糾弾《きゅうだん》されたんだよな」

「そうね。責任追及の矢面《やおもて》に立たされて……、まあ、結局戦犯にはならなかったんだけど、追われるような形で日本を出たのよね。それで、パリに戻ってフランスに帰化して、名前も『レオナール・フジタ』に変えたの。フランス時代に描いた絵は認めてもらえず、乞われて描いた戦争画は絶賛されたのに、戦後は戦犯扱いされて……、フジタも可哀そうな人だと思う。日本のことは、死ぬまで恨んでたかもしれない」

「ああ、そういえば――」

不意に昇治は思い出した。

「出征する前、最後にここに来たとき、おかしな男が、お守りだって言って、その場で小さな紙に絵を描いて俺にくれた。さゆりさんは――」

そこで、昇治は言葉を呑み込んだ。

階段の踊り場で玄関を振り返ったときの映像が、頭の中にフラッシュのように瞬く。

「さゆりさんが、どうしたの？」

明日香が、やさしく先を促す。

「あれは藤田画伯じゃないかって言い出して……」

「フジタが？　ここに来てたの？」

「俺は違うって言ったんだ。その男は、坊主頭で国民服を着てたし、丸い眼鏡はかけてたけどちょび髭はなかったし……」

「ばかね。戦時中は、フジタも、みんなと同じような格好をしてたはずよ。それに、京都にはよく来てたはずだから」

「そうなのか？」

「うん。木屋町《きやまち》にあるフランソア喫茶室なんて常連で、メニューの表紙にはフジタが描いた絵が使われてたのよ。自分の絵を見るためにここに寄ったって不思議はないわ。それに、ここはフランスだから、フジタにとっては、日本より居心地のいい場所だったかもしれない」

「でも、ひと筆書きみたいな絵だったぞ」

「どんな絵だった？」

昇治は考え込んだ。

すぐにさゆりに渡してしまったから、よく覚えていない。

「確か、上のほうには山の絵が描いてあったと思う。その下には、何か動物が描いてあった」

「動物？」

「なんだったかは思い出せないな」

「その絵は、もうないわよね？」

「ああ。その場でさゆりさんにあげてしまったから」

「ふうん……」

複雑な表情で明日香が小首を傾《かし》げたとき、料理が運ばれてきた。

「フジタの戦争画だけどね」

ナイフとフォークで肉を切り分けながら、明日香が話し始める。

「私の叔父さんが東京にいたとき……、まだ戦争中だったみたいなんだけど、陸軍の偉い軍人さんの家で、その家にあったフジタの絵を模写させてもらったことがあるらしいの」

「軍人が、藤田の絵を持ってたのか？」

「そう。なんでも、その軍人は、ノモンハンの戦争に従軍したって人で、フジタに依頼して、ノモンハンでの戦闘の様子を描いてもらったんだって。日本人には伝えられていない、本当の戦闘の様子を描いてほしいってことで」

いわゆる「ノモンハン事件」は、満州国とモンゴル人民共和国の国境で日本軍とソ連軍が衝突した事件だ。関東軍の強硬派が、大部隊を動員してソ連軍を攻撃するも、強力なソ連の機械化部隊によって、戦死者が二万人にも及ぶ大敗北を喫した。ただし、当時、日本は、この敗北の事実をひた隠しにしていた。

「おかしいのはね、叔父さんが模写した絵は、同じ『ノモンハン事件』を描いて、今、東京国立近代美術館に収蔵されてる絵とは全然違ってたって言うのよ」

「違うって、なにが」

「美術館の絵は、私も見たことがあるけど、広い草原の右側にソ連軍の戦車があって、そこによじ登った何人かの日本の兵士が、銃剣っていうのかな、それで戦車の蓋をこじ開けようとしてるのよ。左側には、匍匐《ほふく》前進する日本軍の兵士たちがいて、草原の奥のほうでは、戦車が燃えて黒煙が上がってるの。要は、勇猛果敢な日本の兵士の姿を描いてるわけ。その絵が絶賛されたのをきっかけにして、フジタは戦争画のスターになっていくんだけど……。でも、同じ『ノモンハン事件』を描いてるのに、叔父さんが見たのは、全然違う絵だったって」

「具体的には、どう違うんだ」

「それがねえ……」

明日香は顔をしかめた。

「その話を聞いたのって、まだ高校生ぐらいのときで、どんな絵だったかってのは記憶にないのよね。私の東京の実家で聞いた話だから、絵を実際に見たわけでもないし。ただ、勇猛果敢な日本軍兵士を描いてなかったのは確かだと思う。叔父さんは、自分が見たのが本当の『ノモンハン事件』を描いたもので、フジタは、本当はこっちを描きたかったんじゃないかって、確か、そんなふうに言ってたと思う」

「その本物の絵は、今はどこにあるんだ？」

「さあ……。でも、今まで表に出てきてないってことは、戦中戦後のドサクサでどこかにいってしまったのかもしれない。空襲で燃えちゃったって可能性もあるわね。叔父さんの模写は残ってるみたいだけど、それが元々フジタが描いたものだって証明するのは難しいだろうな」

「そうなんだ」

不思議な話だった。

藤田は、個人的に依頼を受けて、真実を伝えるための絵を描いた。そして、軍の求めに応じる形で、兵士を鼓舞するために真実を曲げた絵を描いた。

もし、あの日、「ご武運をお祈りしています」と言って自分にお守りの絵をくれたのが藤田嗣治だとしたら、それは、どちらの絵を描いた画家としてくれたものなのだろう。

もう一度、「ノルマンディーの春」に目を向ける。

そこには、フランスの田舎の、のどかな風景が広がっている。楽しげに絵筆を走らせる藤田の姿が浮かぶようだ。

それからは、明日香は、藤田が猫と女性の絵が得意だったこと。特に裸婦の絵は、「乳白色の肌」としてパリ画壇の絶賛を浴びたこと。晩年は、自らの手でフランスに礼拝堂をつくったことなどを、肉やパンを頬張りながら話し続けた。

「フジタ」の名を冠したレストランの料理は、とても美味《うま》かった。食欲はないと感じていたのだが、食べ始めたら止まらなくなり、デザートまでぺろりと平らげた。

客の中には、外国人のカップルや、大学教授らしい紳士や、地元の主婦のグループらしき人たちもいて、楽しく談笑しながら、それぞれが懐具合に応じた、メニューの異なるコース料理を楽しんでいる。

それは、当たり前だが、この学館が弾圧を受けていた戦時中とはまるで違う光景だ。食後のコーヒーを楽しみながら、こんな平和な時代に青春を送りたかったなと、昇治は思った。

今自分がいる同じテーブルで食事をするさゆりの姿が、ふと脳裏に浮かんだ。

5

レストランを出ると、タクシーを拾って、予約した鴨川沿いのホテルに向かった。

部屋は、広いツインルームだった。部屋のベランダから鴨川が見下ろせる。

六月とあって、川沿いには恒例の「川床《かわゆか》」が並んでいる。夕食には早い時間だが、鴨川の上にせり出した座敷の上でビールを酌み交わす客の姿もちらほらと見える。

川べりには、等間隔を置いて座った何組ものカップルが、肩を寄せ合うようにして語り合っている。その光景は、今では鴨川名物になっているらしい。

「着替えを買ってくるから、シャワーでも浴びて休んでて」

そう言い置くと、明日香は、さっさと部屋を出て行った。

昇治は、ベッドに横になった。倒れてから初めての遠出で、しかも、緊張の連続で、くたびれ切っていた。

目を閉じると、あっという間に眠りに落ちた。

すると、忌まわしい記憶が、フラッシュのように頭の中で瞬き始めた。

それは、悪夢だった。

＊

赤ちゃんを抱いて、さゆりが笑っている。

女中が白い日傘を差しかける。

旅館の部屋。

空の徳利《とっくり》。

ブラウスのボタンを外す、白くて細い指。

その華奢《きゃしゃ》な肩を摑み、押し倒し——。

＊

声を上げながら飛び起きた。

一瞬、自分がどこにいるのかわからなかった。

ホテルのベッドだと思い出し、大きくひとつ息をつく。全身にぐっしょり汗をかいている。

「大丈夫？」

声のしたほうに首を捻ると、いつの間に戻ったのか、大きな紙袋を提げた明日香が立っていた。

ベッドの端に腰を下ろしながら、昇治に目を向ける。

「さゆりさんの夢？」

昇治は、黙って首を振った。

「行くの、やめようか？」

「いや――」

このままでは帰れない。最期にさゆりが何を伝えたかったのか、ちゃんと知らなければ悪夢は終わらない。

「シャワー、浴びてくる」

左の手足を動かしてベッドから降り、右足を引きずりながら浴室に向かう。

「ひとりで平気なの？」

「赤ちゃんじゃねえぞ」

明日香の笑い声が、背後で聞こえた。

6

午後八時――。昇治と明日香は、再び村田の家の前に立った。

カーテンは閉ざされているが、部屋には明かりが点いている。

「いい？」

横に立つ昇治に目を向け、明日香が訊く。

昇治が黙ってうなずく。

明日香は、インターホンのチャイムボタンを押した。

ほどなく、〈はい〉と女性の声が応える。

「夜分にすいません。昼間に病院からお電話させていただいた田中の、付き添いの者です」

インターホンの向こうで、息を呑む気配が伝わった。

しばらく待つ。しかし、返答はない。

「村田さん、お願いです。少しだけでもお話を――」

ガチャッ、という音がして、いきなりインターホンが切れた。

啞然《あぜん》としながら明日香と顔を見合わせたとき、家の中から微かに足音が聞こえた。ふたり揃って、玄関に目を向ける。

ドアが開き、中年の女性が姿を現した。さゆりの娘の芳子だろう。

その顔を見てすぐ、昇治は、どこかで会ったことがあると思い、それが、今日の午後、ここで家を探していたときすれ違った女性だと気づいた。障がい者のグループを、先頭に立って引率していた。間違いない。

芳子も、杖を手に突っ立っている老人に見覚えがあったのだろう、昇治に目を向けると、わずかに眉間に皺を寄せた。

「なんでここがわかったんです」

芳子は、険しい顔を明日香に向けた。

明日香は、「京都市内にある葬儀社に順に電話をかけて、村田さゆりさんの葬儀をした会社を突き止め、そこに頼み込んで住所を教えてもらったのだ」と話した。

大きくひとつ肩で息をつくと、芳子は、今度は昇治に目を向けた。

「私は、お帰りくださいと言うたはずですけど」

「でも――」

昇治が口を開く前に、明日香が話し始める。

「村田さゆりさんは、『どうしても伝えたいことがある』と、手紙に書いていらっしゃるんです。こちらの田中さんは——、実は私の別れた夫なんですけど……、長年、さゆりさんのことで苦しんでいて」

「おい」

昇治は止めた。何も知らない者が口出しできる問題ではない。

「失礼ですが、さゆりさんの妹の文乃さんは、今どちらに？」

まず、一番気になっていることを昇治は尋ねた。両親は病気で亡くなり、長兄が戦死したことは知っている。でも、妹は存命しているはずだ。

しかし——、

「文乃さんは亡くなりました。三年前に、病気で」

淡々とした口調で、芳子は告げた。

昇治は、言葉を失った。

——さゆりの前に、文乃も亡くなっていた。

杖を握る手が震え始める。

それが、今回の手紙と何か関係があるのだろうか。

「生前のさゆりさんと文乃さんのことを、教えていただけないでしょうか。ふたりがどんなふうにして生きてきたか、話してもらうことはできませんか？」

昇治は、真っ直ぐ芳子を見た。

芳子も、視線を逸らすことなく昇治の目を見つめ返す。

「母や文乃さんのことを、あなたに話すつもりはありません」

その口調には怒りが混じっている。

「あの——」

明日香が口を挟んだ。

「でしたら、お焼香だけでもさせていただけませんか？」

「お断わりします」

きっぱりと芳子は言った。

「どうして……」

「理由は、そちらの方がご存じのはずです」

明日香が、横目で昇治を見る。

言葉が出なかった。自分は憎まれているのだと、はっきりと悟った。

「二度と来んといてください。私たちのことは放っておいてください」

それだけ言うと、芳子は背中を向けた。振り返ることなくドアを開け、家の中に姿を消す。


「あなた、いったい何をしたのよ」

閉ざされたドアを見ながら、明日香は漏らした。

「こんなの、普通じゃないわ」

「帰ろう」

昇治は歩き出した。もう何を言っても無駄だとわかった。

半歩遅れて、明日香が続く。カツ、カツ——、という杖の音が、静まり返った住宅街に響く。

「あなたが最後にさゆりさんに会ったのは、いつ？」

後ろから明日香が声をかける。

「それくらい教えてくれたっていいでしょ」

「昭和二十三年かな」

前を向いたまま昇治が答える。

「西暦だと、ええと……、一九四八年か。四十五年も前なんだ」

そうだ。もう四十五年も前のことなのだ。

「芳子さん、四十代半ばぐらいに見えたけど……。もしかして、あなたの——」

昇治は立ち止まった。

「違う」

振り返り、首を振る。

「君が考えてるようなことじゃない」

「でも、四十五年も会ってなかった人から急に『伝えたいことがある』って手紙が来て……、その娘は、お焼香するのも拒否するほどあなたのことを憎んでるって――」

「だから、そうじゃないんだ。違うんだ」

「もう我慢できない！」

道の真ん中で、とうとう明日香は癇癪《かんしゃく》を起こした。

「知らないままじゃ、頭がどうかなっちゃいそうよ」

「君がどうなろうと、知ったこっちゃない。君とはもう赤の他人だ」

「そういうわけにはいかないわよ。私たちは沙希の親なんだから。これからも度々会わなきゃなんない。顔を合わせる度に、私は今日のことを思い出して苛々する。あんまり腹が立ったら、あなたの杖を折るぐらいのこと、しかねないわよ」

顔を伏せると、昇治は、ひとつ息をついた。

明日香の気持ちはわかる。何も知らないまま京都に来て、ようやく会えたさゆりの娘には、冷たく突き放された。このまま帰るのでは、何しに来たのかわからない。

「わかった」

地面に視線を落としたまま、昇治はつぶやいた。

明日香には、やはりきちんと伝えなければいけないだろうと思った。誰かに全部話してしまいたいという気持ちもある。

話すとしたら、相手は、やはり明日香しかいない。

「ホテルで話そう」

そうと決めたら、いくらか気持ちが落ち着いた。

「いいの?」

「ああ」

「それとね、私、ひとつ気になってることがあるんだけど」

明日香は、あとにしてきたばかりの村田の家を振り返った。

「芳子さん、さっき、『私たちのことは放っておいてください』って言ったでしょ」

昇治はうなずいた。

確かに芳子はそう言った。病院で電話したときにも、同じ言い方をしていた。

「『私たち』って、誰のこと? 芳子さん自身と、亡くなったさゆりさん、ふたりのことを言ってるの？」

「そうじゃないのか？」

「普通、もう死んじゃってる人のことを数に入れるかな」

「そういうことも、あるんじゃないか？」

「まあ、あり得ないことはないけど……。たとえば、あの家に、芳子さん以外の人──、それも、さゆりさんに近しい人が住んでるってことはないのかな」

昇治も、家を振り返った。

──芳子以外に、誰かがいる？

だとしたら、それは誰だ。

目の前に広がる闇が急に深くなったように、昇治は感じた。

Ⅳ

1

引き揚げ船で日本に着くと、昇治は、まず実家のある四日市に戻った。

相当ひどい爆撃を受けたらしく、市街のあちこちには焼け跡が残り、バラックで生活している人も多かった。ぼろをまとった老人の物乞いや、金や食べ物をせびる薄汚れた子どもの姿も目についた。

幸い、実家は被害を受けていなかったが、そこには見知らぬ家族が暮らしていた。一家の主人は、ここに住んでいた夫婦は、すでに亡くなっているはずだという。

昇治は、同じ四日市市内に住む父方の叔父夫婦の許に行った。元々暮らしていた家は空襲で燃えてしまったらしいが、同じ場所に、それまでとは比べ物にならないような大きな屋敷を建てていた。軍属だった叔父は、戦後、軍需物資の横流しで大儲けし、その後は、稼いだ金で電器部品を製造する会社を興していた。

昇治の姿をひと目見るなり、叔父は、腰を抜かさんばかりに驚いた。昇治の部隊は玉砕したと伝えられており、ひと欠片の骨もないまま、葬式も行なったという。

叔父は、昇治の両親は、ふたりとも結核に感染して、終戦直後に相次いで亡くなったと教えてくれた。昇治の実家は、今住んでいる家族に売ったのだという。

自分の会社で働かないかと誘われたが、昇治は断わった。それより、早くさゆりに会いたかった。

叔父は、実家を売った分だと言って、銀行の通帳と印鑑をくれた。口座には、一年以上遊んで暮らせるほどの大金が入っていた。

それを手に、昇治は、京都に向かった。

2

一杯やりながら話そう、という明日香の提案に従って、ふたりは、ホテル内にあるバーに入った。

カウンターとテーブル席、合わせて三十席ほどの店内には、午後九時前という早い時間だからか、ほとんど客はいなかった。ふたりは、鴨川を見下ろせるテーブル席についた。

しばらくの間、酒は呑まないよう医者からは言われていたが、昇治は、バーボンのソーダ割を注文した。明日香は、うんと薄くするようウェイターに頼んだ上で、昇治には「一杯だけだからね」と念を押した。自分は、生ビールとソーセージの盛り合わせ、それにフライドポテトを注文する。芳子の家に行く前に、コンビニで買ってきたサンドイッチを部屋で食べているのだが、明日香はいつでも食欲旺盛だ。

陰鬱《いんうつ》な話にじっと耳を傾けられるより、ソーセージを齧《かじ》りながら世間話のようにして聞いてもらったほうが、昇治も気が楽だった。あるいは、明日香は、それがわかっていて、あえて食べ物を注文したのかもしれない。

昇治は、鴨川をぼんやり見下ろしながら、どう話そうか考えた。昇治が口を開くのを、明日香は、黙って待ってくれた。

ほどなく、飲み物が運ばれてきた。

お疲れさま――、と言ってグラスを合わせ、ひとくち口をつけると、昇治は、まず、

「俺のデビュー作のストーリー、覚えてるか?」

そう尋ねた。

「もちろん」

すぐに明日香が答える。

デビュー作は、全軍が玉砕した「拉孟・騰越の戦い」を生き延び、収容所での過酷な日々を経て、引き揚げ船に乗って帰国するまでのことを、ほぼ経験したままに書いた作品だった。「悲惨で残酷な戦場のリアルと、必死で生きようとする人間の心情がほとばしる傑作」と称され、大手出版社が主催する新人賞を受賞した。

「次に出した本の筋も覚えてるか？」

二作目は、出版社から乞われて、帰国してからのことを書いた。

「覚えてるわよ、もちろん」

それは、四日市に帰って両親の死を知ってから、大阪で愚連隊に入って暴れ回り、挙句に刑務所に入れられ、出所後、働きながら小説の執筆を始めるまでのことを書いた。デビュー作と同じく、自伝小説だった。

「でも、あれには書いてないことがある。四日市から大阪に行くまでの間のことが抜け落ちてるんだ」

「さゆりさんのことね」

「ああ。本当は、四日市から京都に行った」

テーブルの一点を見つめたまま、昇治は話し始めた。

3

四年七ヶ月ぶりの京都だった。

四日市と違って、京都はほとんど爆撃の被害を受けておらず、街並みは、昇治の記憶の中にあるものとほとんど変わっていなかった。

京都駅から、以前のままの姿で運行しているチンチン電車に乗った。烏丸《からすま》通を北に上がり、四条《しじょう》通で東に曲がる。

ほどなく、道の両側に建ち並ぶバラックが目に入ってきた。闇市のようだ。食料や日用品など、様々なものが所狭しと並んでいるのが車窓から見えた。食べ物の屋台には人が群がり、その周りには、施しを求めて物乞いたちが手を差し出している。

寺町《てらまち》通の近くで電車を降り、通りを北に向かう。ぼろをまとった子どもが走り、大荷物を背負った老婆がゆっくりと歩を進めている。ごろつきの集団も、肩で風を切って闊歩している。からまれないよう気を遣いながら道の端を歩く。

さゆりの実家の料亭は、京都御苑にほど近く、寺町通から一本筋を入ったところにある。

見慣れた家並の中を進み、料亭があった場所の前に出る。

そこで昇治は、呆然と立ち尽くした。さゆりの実家の料亭は、うどん屋になっていた。

動揺を抑えながら扉を開き、中に入る。

以前は、玄関を上がると奥に真っ直ぐ廊下が延び、その左右に襖がいくつか並んでいたのだが、今は、襖は取り払われ、だだっ広い店内に座卓がいくつも置かれていた。ちょうど昼飯どきで半分ほどの席が客で埋まっており、麺を啜《すす》る、ズズッという音が、あちこちから聞こえてくる。

「いらっしゃい」

割烹着を着た初老の女性が、昇治に向かって声をかけた。

ここにあった料亭の家族を訪ねて来たのだと昇治が説明すると、女将《おかみ》さんらしいその女性は、わずかに表情を翳《かげ》らせながら、知っていることを話してくれた。

料亭の主人は終戦前に病気で亡くなり、跡取り息子は戦死した。そして、終戦の年の秋に、長女が西陣にある大きな織維会社の跡取り息子と結婚し、母親と妹も、今は嫁ぎ先の家の世話になっているという。

「ご主人と息子さん、いっぺんに亡くしてから、奥さん、寝たきりみたいになってしもうて、娘さんふたりは、そら、苦労してはったみたいですけどな……、それを、ここのご主人と懇意にしてはった、繊維会社の社長さんが助けてくれはったんですわ。戦地から戻って来た自分の息子と長女をいっしょにさせて、奥さんと下の娘さんも引き取って、面倒みてはるみたいです。女三人、路頭に迷いかけてたのに、今じゃ玉の輿やって、この辺じゃ噂になってますわ」

うどん屋の女将の話を聞きながら、昇治は、暗澹《あんたん》たる気分に陥った。仲間の兵隊を蹴り飛ばしてまで生き延びたのに、これでは、なんのために戻ってきたのかわからない。

さゆりの嫁ぎ先の繊維会社の名前を女将から聞くと、昇治は、いったん木屋町に出て宿をとり、部屋に荷物を置いてから西陣に向かった。

繊維会社を経営する一族が暮らしているのは、とてつもなく大きな屋敷だった。建てられたのは、明治か大正時代だろうか、「豪壮」という言葉がぴったりな邸宅だ。

その門の前に、昇治は、しばらくの間佇《たたず》んでいた。

いきなりさゆりを訪ねるのは、さすがにためらわれた。家族の前では、本音で話し合うことなどできるはずがない。できれば、屋敷の外でふたりだけで話したかった。

表門の前を離れて、塀沿いにぐるりと裏に回り、勝手口が見える場所に立つ。

どうするか決められないまま、十分ほどもそうしていただろうか、木戸が開き、中から買い物籠を提げた若い女性が現れた。夕食の買い物だろう。

木戸を閉め、女性がこちらに向き直る。

昇治は、小さく声を上げた。さゆりの妹の文乃だった。最後に見たときは、おさげ髪の子どもだったが、すっかり大人の女性になっている。

文乃は、昇治が立つほうに歩き出した。うつむき加減に目の前を通り過ぎかけ、ふと足を止め、顔を上げる。

次の瞬間、その表情が驚愕に歪んだ。

わずか数メートルの距離で、昇治と文乃は、黙ったまま見つめ合った。

文乃の手から買い物籠が離れ、音を立てて地面に落ちる。

「昇治、さん……」

やっとのことで、文乃は声を出した。

「しばらく」

どういう顔をしたらいいのかわからず、仏頂面《ぶっちょうづら》で昇治は言った。

「なんで？　戦死したって……」

昇治が所属していた部隊が玉砕したことは伝わっているはずだ。四日市の両親には、万が一のことがあったらさゆりの実家に連絡してほしいと頼んでいたから、葬式が行なわれたという報告も受けているだろう。村田の一家にとって、昇治はすでに死んだ人間なのだ。

「この通り、僕は生きてる」

昇治は腕を広げてみせた。この日のために、シャツも背広も新調している。学生服姿しか知らない文乃は、ただ呆気に取られているようだ。あるいは、何度も死地をくぐり抜けている間に、すっかり雰囲気が変わってしまった昇治の姿に、気圧《けお》されているのかもしれない。

「姉さんは結婚していて……、私と母もここにお世話になっていて……」

文乃は、おどおどしている。無理もない。

「だいたいのことはわかってる。さゆりさんと話がしたいんだ」

「姉さんは、今はいません。旦那さんと出かけていて……、多分、夜遅くにならな、戻らへん思います」

「そうか……」

どうすべきか、昇治は考えた。

「じゃあ、明日の午後、『ノルマンディーの春』の前に来てほしいって伝えてくれないかな。僕は、そこでずっと待ってるからって」

日仏学館が、戦後の今も同じ場所に存在しているのか、「ノルマンディーの春」が変わらず展示してあるのか、確かめたわけではない。でも、待ち合わせるならそこしかない。

「『ノルマンディーの春』、ですか？」

「そう伝えてもらえればわかるから」

そこでさゆりの本心を聞こうと思った。もしまだ自分のことが好きなら、ふたりで逃げてもいい。金はある。

「いいね。『ノルマンディーの春』の前だよ」

昇治は念を押した。

「はい」

蚊の鳴くような声で返事をすると、文乃は、買い物籠を拾い上げた。昇治の顔をじっと見つめながら、あとずさるようにして遠ざかり、次の角を曲がる。

文乃の姿が見えなくなると、昇治も歩き出した。

西陣から、宿のある木屋町まで、昇治は歩いた。

さゆりの実家あとにできたうどん屋の前を通り、闇市の中の迷路のような道をさ迷い、高瀬川に沿ってふらふらと歩を進めた。明日、さゆりになんと言ったらいいか、これからどうしたらいいのか、考え続けた。

旅館に戻ると、仕出しを頼み、酒を呑みながら夜を過ごした。

酔えば酔うほど、さゆりとふたりで逃げるという決意が膨らんでいった。

4

日仏学館は、以前と同じ場所に、同じ姿で建っていた。

玄関をくぐり、ロビーを階段の前まで行くと、二階からフランス語の会話が聞こえてきた。楽しげな笑い声もしている。さゆりといっしょに授業を受けていたときのことが頭に甦った。じわりと胸が熱くなる。

しばらくの間その場に佇み、音楽のようなフランス語の響きを楽しむと、昇治は、西側に延びる廊下を進んだ。扉を開け、ホールに入る。

以前は布を被って壁際に寄せられていたテーブルや椅子が、今は整然と並べられていた。戦争が終わり、ようやく本来の目的で使われるようになったのだろう。

「ノルマンディーの春」は、同じ場所にあった。

絵を眺めているうちに、昔の記憶が、胸の奥から溢れ出してきた。

〈私は、お帰りをずっと待ってます〉

頭の中で、さゆりの声が響く。

〈お願いです。生きて帰って来てください〉

〈もし、無事に帰って来ることができたら……、僕と――、僕といっしょになってください。僕の妻になってください〉

〈はい〉

涙を流しながら、さゆりが深くうなずく。

昇治は、目を伏せ、音を立ててため息をついた。

部隊は玉砕したと伝えられ、実家からは葬式を出したという連絡が届いた。昇治はもうこの世にいないと思われても仕方がない。病気の母親を抱え、生活のために金持ちの家に嫁いだことも責められない。

――だからといって、あきらめることなどできない。

金は充分にある。さゆりだけでなく、母親と文乃も引き取って、いっしょに暮らすことだってできるはずだ。仕事が見つかるまで生活は大変かもしれないが、大学時代の友人や恩師などと連絡がつけば、働けるところを紹介してもらえるかもしれない。

さゆりが今の家を出て、自分といっしょになってくれることを、昇治は疑っていなかった。

正午過ぎから、昇治は、絵の前にじっと立っていた。

どれだけそうしていたかわからない。

不意に、背後で足音が響いた。

――さゆり。

弾かれたように振り返る。

しかし、次の瞬間、昇治は眉をひそめた。

立っていたのは、妹の文乃だった。思い詰めたような表情で、昇治の許に歩み寄る。

「姉さんは、来ません」

昇治が口を開く前に、震える声で言った。

「どうして」

そんなことは考えてもいなかった。さゆりは必ず来ると信じ切っていた。

「子どもが生まれたとこなんです」

涙声で、文乃が続ける。

「子ども……」

　思わず繰り返した。

　全身から血の気が引いた。視界がぐにゃりと歪む。

「私のことはもう忘れてほしいって、姉が……」

「嘘だ！」

　今度は、頭に血が上った。

「僕たちは、ここで将来を誓ったんだ！」

「昇治さんは、亡くなったって――」

「僕は生きてる！」

　文乃は、力なくうなだれた。

「私らは、あの家でお世話になってるんです。姉さんが結婚してへんかったら、私ら家族はどうなってたかわかりません」

「それはわかってる。でも、僕は生きて帰ってきたんだ」

「もう遅いんです！」

　文乃が顔を上げる。

「今、姉さんは幸せなんです。旦那さんはおやさしい方だし、子どもも生まれました。そっとしておいてくださいませんか」

「それが、さゆりさんの本心なのか？」

「そうです」

昇治の目を見つめたまま、文乃は言った。

――嘘だ、嘘だ、嘘だ！

心の中で繰り返した。頭の中は嵐のように混乱していた。

文乃から目を逸らし、頭を掻きむしりながらその場を歩き回る。

「もう無理なんです。姉さんには家庭があるんです。子どもも生まれました」

必死の形相で文乃が訴える。

「姉さんは、お会いしたら昇治さんが傷つくだけやから、未練が残らへんように、顔を見いひんままこのままお別れしたいって……。どうかわかってほしいって……、泣きながら言うてました。せやから、お姉ちゃんのことは、もう、そっとしておいてあげてください」

「僕は――」

立ち止まると、昇治は、文乃に顔を向けた。

「負傷した仲間を見捨ててまで、生きることを選んだ。どんなに苦しいことがあっても、歯を食いしばって耐えて、生き延びた。それは、生きてさゆりさんと再会したかったからだ。それなのに、ひと目会うこともできないのか？　ひとこと言葉を交わすこともできないのか？」

文乃から言葉は返ってこなかった。黙ったまま、唇を嚙んだ。その表情が、悲しげに揺れている。

昇治は、へなへなとその場に崩れ落ちた。壁に背中をつけ、両手で顔を覆う。

文乃は、昇治の前に突っ立ったまま、口を閉ざしている。

重苦しい沈黙の中、廊下のほうから、微かに笑い声が聞こえてきた。

「お願いだ」

その楽しげな声につられるように、昇治は顔を上げた。

「もう一度、さゆりさんに伝えてください。ひと目でいい、ひとこと言葉を交わすだけでもいいから、会って話がしたい」

自分が滞在している旅館の名前と場所を口にする。

「僕は、しばらくその旅館にいます。さゆりさんが来てくれるのを待っています。ほんの少しでいいから、時間を作ってほしい。そう伝えてください。いいですか？」

「はい」

目を伏せてうなずくと、文乃は踵を返した。

その姿が消えても、しばらくの間、昇治は立ち上がることができなかった。

赤ちゃんを抱くさゆりの姿が、頭の中に浮かんだ。

5

宿に戻ると、一週間分の宿賃を前払いし、しばらくの間はどこにも出かけず部屋で過ごしているから、自分を訪ねてくる人がいたら通してほしい、と主人に頼んだ。金払いのいい上客に気を遣ったのか、主人は、ラジオを部屋に持ってきてくれた。

二階の部屋の窓辺に腰を下ろして、一日中ラジオを聞きながら、昇治は、南北に延びる木屋町通を見下ろしていた。

眼下では、汚い子どもや、大きな荷物を抱えた女たちや、リュックを背負った復員兵や、ごろつきや、アメリカ兵などが行き来していた。しかし、さゆりは姿を現さない。

ラジオでは、戦犯を裁く東京裁判の様子が報道され、笠置《かさぎ》シヅ子《こ》が歌う「東京ブギウギ」という調子のいい曲が流れ、全国の復興の様子が伝えられた。夜には、基本的人権や民主主義思想などを普及するための放送も行なわれていた。

昇治の興味を引いたのは、一月に起きたという「帝銀事件」についての報道だった。昇治がまだ帰国する前に起きた事件だ。

それは、帝国銀行に現れた、厚生省の技官を名乗る男が、「近所で赤痢《せきり》が発生した」と偽の情報を伝え、予防薬だからと偽って行員などに毒薬を飲ませて、十二名を殺害し、現金と小切手を奪うという事件だった。

昇治は、十二人の被害者に同情した。

ようやく戦争が終わって平和な時代になったというのに、必死の思いで空襲を生き延び、これからの人生に夢や希望を抱いていたかもしれないのに、同じ日本人の手で殺されるなど、あまりに理不尽だ。人間の運命など、どこでどう転ぶかわからない。

昇治は、さゆりとのことを考えた。

——もっと早く日本に帰ることができていれば。

——さゆりさんがもう少しだけ待っていてくれれば。

ふたりの運命は、全く違ったものになっていたはずだ。

しかし、そんなことを悔いても、現実は何も変わらない。

苦い思いで酒を呷《あお》り、また木屋町通に目を向ける。

何十人、何百人という人々が、眼下を通り過ぎて行った。

三日待っても、さゆりは現れなかった。

四日目の朝――。部屋で遅い朝食を済ませると、居ても立ってもいられず、昇治は宿を出た。

チンチン電車に揺られて西陣で降り、さゆりが住む屋敷の近くまで歩いた。玄関が見える場所に立つ。

まだ五月の初めだが、初夏とも思えるような日差しが降り注いでいた。建物の陰に入っても、額に汗がにじみ出す。上着を脱ぎ、手に持って、玄関からさゆりが現れるのを待つ。

正午少し前――。扉が開いた。

昇治は息を呑んだ。さゆりだった。白っぽい着物を優雅に着こなし、髪は後ろでまとめている。

胸には、まだ生まれたばかりのように見える赤ちゃんを抱いていた。その赤ちゃんの顔を見て、さゆりは、幸せそうに笑っている。そこに、若い女中が白い日傘を差しかける。

さゆりと女中が、ゆっくり歩き始める。

着物姿の男が立ち止まり、さゆりに向かって深々とお辞儀をする。さゆりが、鷹揚《おうよう》な笑みを返す。

昇治は、ただ呆然とその場に立ち尽くした。さゆりは、紛れもなく、裕福な家の若奥様になっていた。

目の前の光景を、昇治は、まるで映画の中の一シーンのように眺めていた。わずか十メートルほどしか離れていないのに、さゆりがいるのは、手の届かない別世界だった。自分とさゆりとの間に、目に見えないぶ厚い壁があるように感じた。

さゆりが姿を現したら、近づいて声をかけるつもりだった。しかし、できなかった。

踵を返してさゆりに背中を向けると、昇治は走り出した。

すると、不意に、戦場での記憶が、頭の中で閃光《せんこう》のように瞬き始めた。

――爆弾で手足を吹き飛ばされ、焼け焦げた兵隊。

――恐怖で気がふれ、笑いながら森の中をうろつく兵隊。

――穴の開いた腹から内臓をこぼれさせながら、それでも逃げようと這《は》いずる兵隊。

――自分の銃でこめかみを撃ち抜く兵隊。

――片足をもがれながら、必死でしがみついてくる兵隊。

昇治は、奥歯を嚙みしめた。

今見たばかりの光景とのあまりの落差に、走りながら頭がくらくらと揺れた。

屋敷を離れてからは、どこをどう通ったのか、全く記憶がない。気がつくと、昇治は、旅館の前に立っていた。

酒の用意をするよう女中に言いつけて二階の自分の部屋に入り、それからは、ずっと呑み続けた。最初一本ずつ頼んでいた徳利は、二本ずつになり、やがて三本になった。

もはや、自分が酔っているのかどうかさえわからなかった。ただ機械的に、昇治は酒を口に運んだ。脳裏には、戦場での悲惨な場面と、屋敷の前で見た優雅なさゆりの姿が、交互に点滅した。

日が西に傾き、部屋の中が薄暗くなり始めた頃――、階段を上がってくる、トントントン、という足音が響いた。「お客さんです」という女中の声と同時に、するすると襖が開く。

――さゆりさんか。

猪口《ちょこ》を持つ手を止め、目を見開いて襖のほうに顔を向ける。

文乃だった。

昇治が酔っ払っていることがわかると、文乃は、悲しげな顔でうつむいた。

女中が空になった徳利を片付けている間、文乃はひとこともしゃべらなかった。座卓を挟んで正面に腰を下ろし、ただじっと昇治の顔を見つめていた。

「ごゆっくり」

女中が、意味ありげな笑みを浮かべながら襖を閉める。

「ずっと、姉さんを待ってはるんですね」

文乃は、初めて口を開いた。

「もう待ってはいないさ」

酒を呷りながら、昇治が答える。

「どうしはったんですか?」

「今日、屋敷の前で、赤ちゃんを抱いたさゆりさんを見た。僕が地獄にいたときに、さゆりさんは、天国への切符を手に入れたってわけだ」

昇治は薄く笑った。徳利を取り上げると、それを直に口につける。

「声は、かけなかったんですか?」

「そんなことできなかった。もう住んでる世界が違う」

文乃は、憐れむような目を向けた。

「これでわかったでしょう? 姉さんがここに来《き》いひん理由が」

「ああ。よーくわかった」

空になった徳利を畳の上に投げ捨てると、昇治は、大の字に横になって天井を見上げた。

「僕は、助けを求める仲間を蹴り飛ばしてまで生き延びたんだ。生きてさゆりさんの許に帰ろうと、それだけを考えてた。それなのに、これじゃあ、なんのために帰ったのか――」

「私やったら、だめですか？」

文乃の言葉に、昇治は、畳の上でわずかに頭を上げた。

座卓を回って、文乃が近づく。驚いて昇治が上半身を起こす。

「私、昇治さんのこと、ずっと好きでした」

「何を言ってるんだ」

「五年前はまだ子どもやったけど、今はもう大人です。私ではお姉ちゃんの代わりになりませんか？」

さゆりは、昇治と会うとき、ときどき文乃を連れて来た。結婚前の若い男女が、ふたりきりで会うことに厳しい目を向けられる時代だったせいもあるが、さゆりは、四つ違いの妹をとても可愛がっていて、映画やお祭りなどには、文乃を誘うことが多かった。文乃も喜んでついてきた。ひとりっ子の昇治も、実の妹のようにして文乃を可愛がった。

でも、今、目の前にいるのは、あのときの少女ではない。

潤んだ瞳、薄く紅を引いたぽってりとした唇、そして、白いブラウスを通して見える胸のふくらみ——。

昇治は、初めて文乃を女として意識した。

女性を知らないわけではない。大学に入学してほどなく、先輩に娼館に連れて行かれた。しかし、女性を抱いたのはそのとき一度きりだ。さゆりと知り合い、将来夫婦になると自分の中で決めてからは、誘われても断わり続けた。

「昇治さん」

思い詰めたような顔で、文乃がにじり寄る。

蛇に睨《にら》まれた蛙のように、昇治は動けなくなった。

「お姉ちゃんは、ここには来ません。今日は、それを伝えに来たんです。けど、私とやったら、なにも問題はありません。私をあの家から連れ出してください」

「連れ出す？」

「私は、あの家では女中と同じです。母が世話になっているから、それは仕方がありません。でも、母は入院しました。もう私が世話をする必要はないんです。昇治さんといっしょなら、私は、どこにでも――」

「さゆりさんは――」

思わず口を挟んだ。

「このことを、知ってるのか？」

「私が昇治さんのことを好きなんは、気づいてる思います。わかっていて、こうして私を使いに寄越してるんです」

昇治は顔を歪めた。

「昇治さんは、私が嫌いですか？　私じゃあかんのですか？」

文乃の目から、涙がこぼれ落ちた。すでに暗くなった部屋の中で、潤んだふたつの瞳が、きらきらと輝いている。

全身がカッと熱くなった。胸を突き破らんばかりに、心臓が暴れ始めている。酔いが一気に全身に回ったかのようだ。

昇治の顔に目を向けたまま、文乃は、ブラウスのボタンに手をかけた。白くて細い指が、ボタンを上から外していく。胸の谷間が露になる。

張りつめていた何かが、頭の中で音を立てて切れたように感じた。

昇治は、両腕を伸ばした。

そして、文乃の華奢な肩を摑み、その場に押し倒した。

6

それから、文乃は、毎日のように旅館にやって来た。

朝から酒を呑み続けている昇治は、酔いに霞がかかった頭で文乃を抱いた。最初の何度かは痛そうに顔を歪めていたが、やがて、文乃は、快感に悶えるようになった。

昇治は、いつもさゆりのことを考えていた。文乃を抱きながら、さゆりを凌辱しているような気分を味わっていた。これは、さゆりに対する自分の復讐なのだと思い始めていた。

抱かれる前も、抱かれているときも、抱かれてからも、「私を連れて逃げて」と、文乃は、うわ言のように繰り返した。「わかってる」とだけ昇治は答えた。

しかし、昇治は、旅館から動かなかった。たまに、夜、居酒屋に出かける他は一歩も外に出ず、酒を呑み続け、文乃を抱いた。

一向に腰を上げない昇治に対して、文乃は、次第に苛立ち始めた。昇治をなじり、徳利を投げつけ、泣きながら「早く私を連れて逃げて」と懇願した。

昇治は、ただ曖昧な答えを返した。切羽詰まった様子の文乃に「明日逃げよう」と迫られても、昇治は取り合わなかった。「もう少し待て」とだけ答え、言い返そうとする文乃の口を、唇で塞いだ。

そうやって数週間が過ぎた頃、文乃は、しばらく来ることができなくなる、と告げた。母の病状がいよいよ悪く、医者は、もって数日だろうと言っているという。それまでは、自分がずっと付き添っていなければならない。

「母のお葬式が済んだら、私を連れて逃げて」

昇治に取りすがりながら、文乃は耳元で囁いた。

「もう待たれへん。母が死んだら、私があの家におらなあかん理由はあらへん。お願いやから約束して」

「わかった。そうしよう」

それも悪くないかもしれないと思った。いつまでもこうしていることなど、できはしないのだ。どこかでキリをつけなければならない。

「ほんまやね？　私を女にしたんは昇治さんなんやから、責任はとってもらわんと」

「ああ」

面倒くさそうに応えると、昇治は酒を呷った。

「ここで待ってて。お葬式が終わったら、私、荷物まとめて家を出るさかい」

「ああ」

「ほんまにほんまやで。きっとやで。約束やで」

くどいくらい繰り返すと、文乃は部屋を出て行った。

それから五日間、文乃は姿を現さなかった。

六日目の夕方――、昇治は、ふらりと旅館を出た。

行く先を決めていたわけではない。しかし、足は自然と西陣に向いた。

夕闇の迫る中、屋敷の前に立つ。

喪服を着た人が玄関に入って行った。文乃の言っていた通り、母親が亡くなったということだろう。

初老の夫婦が玄関から出て来たかと思うと、その後ろから、喪服姿のさゆりが姿を現した。深々と頭を下げ、夫婦が角を曲がるまで、そのままの姿勢を続ける。

昇治は、建物の陰に隠れず、逃げ出しもしなかった。道を隔てて玄関の正面に立っていた。すぐ側にある街灯が、自分の姿を照らしていることもわかっている。もうどうにでもなれという気持ちだった。

さゆりが顔を上げた。

屋敷に引っ込もうとして、道の向こうに立っている人影に気づく。

視線が動き、昇治を捉える。

次の瞬間――、その顔が歪んだ。

目と口を大きく開いたまま、さゆりは、その場に棒のように立ち尽くした。

昇治は、身をひるがえした。

視界からさゆりが消え、目の前に文乃の幻が浮かぶ。

昇治が走り出す。

背後で、さゆりの悲鳴が響いた。

7

「そのあとすぐ、俺は、荷物をまとめて旅館を出て、大阪に行った」

全てを話し終えると、昇治は、グラスに残っていた酒を呑み干した。

話の間に、明日香は、生ビールのジョッキ二杯と、バーボンのロックを一杯空にしている。

最初ガラガラだった店内は、半分ほどの席が埋まっていた。

ウェイターを呼んで、バーボンのロックをダブルで注文すると、

「大阪に行ってからのことは、小説の通り？」

テーブルの向こうで腕を組みながら、明日香は尋ねた。

「ああ」

何か目的があって大阪に行ったわけではない。ただ、都会の人ごみの中に姿を消したかった。安宿に部屋を借り、毎晩盛り場をうろついた。そして、安酒場で愚連隊のひとりと喧嘩になり、半殺しにしたことで、逆にボスから気に入られ、仲間に引き入れられた。

それからは、大阪ミナミを根城《ねじろ》に、人殺し以外のことは大抵やった。五年後に強盗傷害の現行犯で逮捕され、四年間服役する。その後は、関西を離れて東京に行き、工事現場などで働きながら小説を書いた。

そして、東京オリンピックが開催された一九六四年――。四十二歳のとき、新人賞を受賞してデビューした。

「なんか、よくわからないことが多いな」

腕を組んだまま、明日香は漏らした。

「わからないって、何が」

「まずね――、女の私から、今の話を考えてみると……、あなた、もしかしたら嵌《は》められたんじゃないかな」

「嵌められた？　誰に？」

「もちろん、文乃さんよ」

「はあ？」

昇治は、顔をしかめた。

「文乃さんは、本当にあなたのことをさゆりさんに伝えたのかな」

「どういう意味だ？」

「文乃さんは、前からあなたのことが好きだったわけでしょ？　だとしたら、伝えたフリをして、さゆりさんはもうあなたに興味はないって嘘をついて、あなたに近づいたのかもしれない」

「まさか……」

「違うって言い切れる？　旅館で、文乃さん、ずいぶん積極的だったみたいじゃない。一度あなたに抱かれてしまえば、生真面目なあなたのことだから、責任をとって自分を連れて逃げてくれると思ったのかもしれない。あるいは、あなたが生きていることをさゆりさんが知ったら、もしかしたら、全てを捨てて駆け落ちするかもしれないって考えたのかもしれない。そんなことになったら、母親と自分が路頭に迷うことになる」

昇治は、小さく首を振った。そんなことは考えもしなかった。

「戦後に会った文乃さんは、あなたが知ってる頃の子どもの文乃さんじゃない。戦中戦後の苦しい時期を必死に生き抜いてきた、立派な大人の女性なのよ。自分の幸せを手に入れるために、多少狡猾《こうかつ》になってたとしても、私には責められないな」

「おい、決めつけるなよ。全部君の推測だろ」

「まあね。さゆりさんも文乃さんも亡くなってるわけだから、真相はわからないままだろうね。まあ、なんにせよ、一番悪いのは、文乃さんの気持ちなんて何も考えずに、抱くだけ抱いてさっさと逃げ出したあなたなんだけど」

「ああ、その通りだ」

昇治が肩を落とす。

ただ、あれだけ関係を持っていながら、文乃の印象は薄い。どんな顔だったか思い出すこともできない。いつも酔っ払っていたせいもあるが、文乃を抱きながら、考えているのはずっとさゆりのことだった。

こうして全部話してみて、自分がどれだけ酷い人間だったか、昇治は改めて自覚した。文乃にはどんなに詫びても詫び足りない。許されることではない。

「でも、他にもいろいろ疑問があるなあ」

明日香は目を細めた。

「疑問?」

「うん。なんか、不可解な点が多い」

「たとえば?」

「あなたの話の通りだと、あなたが傷つけたのは、さゆりさんじゃなくて文乃さんのほうでしょ?」

「ああ」

「だったら、なんで、さゆりさんの娘の芳子さんがあなたのことを憎んでるのよ」

「それは、俺の話を文乃さんから聞いてたから」

「それだけで?」

明日香は、小首を傾げた。

確かに、言われてみれば、さゆりの娘があそこまで自分を拒否する理由がわからない。

「だいたい、男と女がくっついたり離れたりなんて、大昔から繰り返されてきたことでしょう? そんなことでいちいち憎まれてたんじゃ、世界中憎しみだらけになっちゃうわよ」

明日香はどんどん早口になっている。こうなると誰にも止められない。

「考えられるのは、あなたが逃げてから、何か事件が起こった。それしか考えられない。

さゆりさんの苗字は、『村田』に戻ってたでしょう。——ってことは、離婚したってことになるのよね。もしかしたら、あなたが仕出かしたことが離婚の原因になったのかもしれない。さゆりさんは、そのことを、どうしても当事者であるあなたに伝えたかった。伝えずに済ませるもんか、と思った」

昔見た豪壮な屋敷と、さっき行ったばかりの古い平屋の映像が、連続して頭に浮かんだ。

——転落の原因を作ったのは、俺なのか？

きりきりと頭が痛んだ。また脳梗塞を起こしそうだ。

「あなた、さゆりさんの前から逃げたあと、彼女や文乃さんがどうしているか、知ろうとしたことはないの？」

「小説家になったあと、割とすぐに一度調べたことはある。その何年か前に、さゆりさんが嫁いだ相手の会社は倒産してた」

「倒産か……」

明日香は渋面を作った。

「正確には、会社が倒産したのは、いつ頃？」

「一九六〇年代の前半。六十二年か三年か……。でも、倒産したのは、俺が逃げてから十五年前後経ってからだから——」

「あなたのことが原因だとは思えない？」

「それはそうだろう」

そう思いたい。

「さゆりさんや文乃さんのことは？　どこで何をしているか、調べようとしなかったの？」

昇治は、うつむき、小さく首を振った。

それ以上のことは、調査会社にでも頼まなければ調べようがなかったが、そこまでする勇気はなかった。さゆりや文乃の現状を知るのが怖かった。

「でも、今になってさゆりさんが俺を呼び出そうとしたのはどうしてなんだろう。俺を苦しめるためか？　それとも、償わせるために？」

「さあ……。もう亡くなってしまったから、さゆりさんの真意はわからないままかもね。でも、芳子さんはきっと何か知ってるはずよ。それと、やっぱり、芳子さんが『私たちを放っておいて』って言ってたのが気になる」

「あの家に、芳子さんの他にも誰か住んでるっていうのか？」

「それが、今度のこと全部の鍵だったりして」

ウエイターが、ダブルのバーボンを運んできた。

それを半分ほどひと息で喉に流し込むと、

「もう一度行く」

明日香は宣言した。

「このままじゃ帰れない。真相を確かめる。あなたが行かないなら、私だけで行く。明日は土曜日だから、朝早い時間に襲おう」

「襲うって……」

昇治は、あきれた顔でソファの背にもたれた。

明日香は、一度言い出したら絶対あとには引かない。明日の朝、もう一度村田の家を訪ねることになるだろう。

昇治も真実が知りたかった。屋敷の前から自分が逃げたあと何が起きたのか、芳子の口からちゃんと聞きたかった。

「わかった。もう一度行こう」

昇治は、覚悟を決めた。

そして、ウェイターを呼ぶと、文句を言う明日香に構わず、バーボンソーダのお代わりを頼んだ。

V

1

緊張のせいか、まだ夜明け前に目が覚めた。

すっかり頭が冴えてしまい、眠れそうになかった。すやすやと寝息を立てている明日香を起こさないよう、そっと部屋を出て、白々と夜が明けたばかりの鴨川を散歩する。

さゆりとは、何度も川辺を歩いた。戦争さえなければ、結婚して、子どもを作って、家族でこうして鴨川を散歩していたかもしれない。

歩きながら、昇治は苦笑を漏らした。

まさか、七十歳を超えてそんな想像をすることになるとは、思ってもいなかった。

もっと早くさゆりに会っておくべきだった。文乃とも会って、きちんと詫びるべきだった。ふたりがあれからどんな人生を送ったのか、本人の口から聞きたかった。しかし、もうそれは叶わない。

ホテルに帰ったときには、すっかり夜が明けていた。今日も暑くなりそうだった。

明日香は、シャワーを浴びていた。

バスタオルを巻いて浴室から出てくると、絶対にこっちを見ないよう命じてから服を身に着け始める。

「君の裸なんて見飽きてるんだけどな」

「五年前とは違うのよ。がっかりさせちゃ悪いから」

「なんで、いまさらがっかりするんだ」

ケラケラと楽しげに笑うと、明日香は、浴室に引き返して手早く髪をセットした。

「お腹減った。レストランに行こう」

部屋に戻ると同時に、元気いっぱいな調子で声をかける。

明日香は、どんなときでも大抵腹を空かせている。昇治は、緊張と不安でまるで食欲はなかったが、コーヒーだけ飲むことにして、あとについて部屋を出た。

食事をしている間、明日香は、さゆりや文乃のことは、いっさい口にしなかった。今日の天気について話し、川床で懐石料理を食べたいと言い、もう一度「ノルマンディーの春」を見てもいいかなとつぶやいた。

2

午前八時過ぎ――。ホテル前からタクシーに乗った。

村田の家の前に着いたのは、まだ八時半前だった。

「ちょっと早過ぎないか」

躊躇する昇治を横目に、

「出かけちゃう前じゃないとね。絶対逃がすわけにはいかないんだから」

明日香は、なんの迷いもなくインターホンに手を伸ばした。

チャイムが鳴り、芳子の声が応える。

「しつこくてすいません。田中の元妻です」

〈いい加減にしてください〉

「さゆりさんは、亡くなる前に伝えたいことがあって手紙を送ってきたんです。それは、さゆりさんの遺志のはずです。それを知るまでは帰れません」

〈ですから、母の最期の数週間は、病気のせいで意識や記憶が混乱して、普通の状態では

なかったと――〉

「違います」

きっぱりと、明日香は否定した。

「あの手紙は、意識や記憶が混乱しているときに書いたものではありません。あなたの言う通り、そういう状態のときはあったのかもしれません。でも、少なくとも、あの手紙を書いたとき、さゆりさんの意識は正常だったはずです。そうじゃなければ、あんな手紙は書かないはずです」

〈なんと言われようと、これ以上あなた方と関わり合いになるつもりはありません〉

「それは、ごいっしょに住んでいる方のためですか？」

昇治は、驚きながら明日香を見た。

同居人がいると確かめたわけではない。明日香は、完全にカマをかけている。最後の手段に出たということか。

インターホンの向こうで、芳子は沈黙している。

「昨日の夜、昔、何があったのか、田中昇治から全部聞きました。私たちは、何があっても受け入れるつもりでここに来ています。だから、お願いです。私たちを家に入れて、何があったのか、全部話してください。それが、さゆりさんの遺志なんじゃないですか？」

芳子は応えない。じりじりした時間が過ぎていく。

居ても立ってもいられず、昇治は、明日香を押しのけるようにして前に出た。

「私に、あやまらせてください」

インターホンに向かって、振り絞るようにして声を出す。

「何も話して下さらなくて構いません。ただ、遺影の前に手をついて、私に、さゆりさんと文乃さんにあやまらせてください。それだけでも……、お願いします」

いきなり、ガチャッ、という音がスピーカーを通して聞こえた。芳子がインターホンの受話器を戻したのだ。

昇治も明日香も、その場に立ち尽くしていた。祈るような気持ちで、玄関を見つめた。

すると、ゆっくりドアが開いた。

「どうぞ」

半分開いたドアの内側で、芳子が声をかける。

門扉を開け、明日香が先に内側に入る。杖を突きながら、昇治が続く。

玄関に入ると、明日香に手伝ってもらいながら靴を脱いだ。芳子のあとについて短い廊下を歩き始める。

そのとき、突き当たりのドアが開いた。

昇治と明日香は、同時に足を止めた。

ドアから出てきたのは、ダウン症と思われる女性だった。半袖Tシャツにトレパンを穿《は》いている。年齢はよくわからないが、若くはない。芳子と同じくらいの年齢かもしれない。

「ごめん、すみれちゃん。お客さんやから、ちょっとお部屋に行っててくれる」

すみれちゃん、と呼ばれた女性は、こっくりとうなずくと、すぐ手前の部屋のドアを開けて、中に入った。

芳子を先頭に、今、すみれが出てきた部屋に入る。

そこは、十畳ほどの広さのリビングダイニングだった。右手がキッチンになっており、その手前にダイニングテーブルがある。朝食が終わったばかりなのか、パンの食べかすが残った皿とカップが、二つずつ載っている。椅子が三脚あるのは、さゆりの分がそのままになっているからだろう。

「お焼香しはるなら、あちらです」

リビングスペースの左手奥を、芳子は指し示した。

そこは、六畳ほどの和室だった。リビングとの境の襖は、今は開け放たれていて、壁際に仏壇が置かれているのが見える。

明日香に支えてもらいながら和室に入った。正座はできないから、足は崩したまま、仏壇の前に腰を下ろす。

白い布に包まれた骨壺の横に、さゆりを写した写真がある。そして、その横に、もうひとりの女性の遺影。文乃だ。

まず、さゆりに目を向ける。当たり前だが、写真の中のさゆりは老いていた。髪は真っ白で、額にも目尻にも深い皺が刻まれ、頰はこけている。ただ、穏やかに微笑んでいるその表情は、記憶の中にあるさゆりと同じだった。

文乃は、染めているのか髪は栗色だったが、顔にはやはり皺が目立った。そして、さゆりと同じように穏やかな笑みを浮かべていた。

線香に火を点け、改めてふたりの写真に目を向ける。

文乃は自分を憎んだだろうと、改めて昇治は思った。文乃への仕打ちを知ったさゆりも、同じように自分を憎んだに違いない。

ふたりの写真を見ているうちに、全身が震え出した。堪《こら》えることができず、昇治は涙を流した。ふたりの前に両手をつき、目を閉じて、頭を垂れる。昇治は、心からふたりに詫びた。

明日香が、背中にそっと手のひらをあてた。顔を上げ、指先で涙を拭う。

振り返ると、キッチンから、芳子がじっとこちらを見ていた。昇治は、芳子にも頭を下げた。

明日香に支えてもらいながら立ち上がり、リビングに戻る。テーブルは、すでにきれいに片づけられていた。

「どうぞ」

芳子が、テーブルを差し示す。そこに座れということか。

「話してくださるんですか？」

明日香が訊くと、芳子は、黙ってうなずいた。

さっきの自分の姿を見て、気持ちが動いたのだろうか。あるいは、家に招き入れたときすでに、話すと決めていたのだろうか。

「本当にいいんですか？」

昇治が重ねて尋ねると、芳子は、今度は「はい」と口にした。

明日香が椅子を引いてくれた。そこに、ゆっくり腰を下ろす。

緊張と不安で唇が乾き始めている。

「コーヒーでいいですか？　インスタントですけど」

薬缶をガスレンジにかけながら、芳子が尋ねた。

「おかまいなく」

昇治が応えたとき――、突然、明日香が「あっ」と声を上げた。

何事かと思って見ると、

「あれ」

壁際に置かれたサイドボードを指さす。

「あっ」

昇治も、同じように声を上げた。

その上に、小さな額に入って絵が載っている。

立ち上がってサイドボードに歩み寄り、それを取り上げると、明日香は、昇治に向かって掲げた。紙は黄ばみ、インクの線は薄く、消えかかっている個所もあるが、間違いない。

「これって――」

「そうだ。日仏学館でもらった絵だ」

上側に書かれた山は、万年雪を示すギザギザ模様がはいっているところから、富士山だと推測できる。その下に描かれているのは――。

「これ、蛙よ」

大きな目と口に、四本足――。今にも跳び上がろうとしているように見える。

「富士山と、蛙?」

昇治が口にすると、明日香は微笑んだ。

「さすがフジタ。茶目っけたっぷりね」

「なんだ、どういう意味だ」

「まだわからないの？　富士山と蛙よ。富士、蛙」

「ああ……」

ようやく昇治は理解した。

「ふじかえる。無事帰る」

「お国のために死んで来いって言われて送り出されるのに、無事に帰って来い、なんて言えないものね。それで、そんな絵にしたんでしょうね」

そこまで言って、明日香は、もう一度「あっ」と声を上げた。今度の「あ」は、さっきの数倍大きかった。

壁に、B4サイズほどの大きさの額に入って、鉛筆で描かれた母子像のデッサンが飾ってあった。若い女性が、胸に赤ちゃんを抱いて座っている。赤ちゃんは笑っているが、逆に、女性の表情はひどく虚ろだ。

「これ、外してもいいですか？」

どうぞ、という芳子の返事を待ち、明日香は、壁から絵を外した。昇治に見せるために、それをテーブルまで持ってくる。

「さゆりさん」

昇治は、思わず口にした。

女性は、間違いなくさゆりだ。着物ではなく、身に着けているのはワンピースのようだ。

「その絵は、母と私です」

薬缶からカップにお湯を注ぎながら、芳子は言った。

「これ、藤田嗣治が描いたんですよね」

明日香は興奮している。

よく見ると、絵の下には「FOUJITA」というサインが入っている。

「私にはわかりません。母が大切にしていた絵やということしか」

「でも――」

サインに視線を向けながら、昇治は口を挟んだ。

「なんで『フジタ（FUJITA）』じゃなくて『フォウジタ（FOUJITA）』なんだ？」

「なに言ってんの。フランス語の発音だと、『FU』は『フュ』になるのよ。あなた、フランス語勉強したことあるんでしょ？」

「ああ、そうか……」

確かにそうだった。しかし、習っていたのは、もう五十年も前だ。すっかり忘れてしまっている。

『『FOU』は「フゥ」みたいな発音になるのかな。『FOU』は、フランス語だと『奇人・変人』みたいな意味だと思うけど……、フランス時代にフジタは『フゥフゥ（FOUFOU）』って呼ばれてたのよ」

おかっぱ頭にロイド眼鏡をかけた藤田の肖像画を、昇治は思い出した。確かに、奇人・変人というにふさわしい風貌をしている。

「鑑定に出すおつもりはないんですか？」

カップをテーブルに運んできた芳子に、明日香が訊く。

「ありません」

芳子は、即座に答えた。

「その二枚の絵を誰が描いたかなんて、私にはどうでもいいことなんです。母の大事な形見というだけです」

「さゆりさんは、この絵のことをなんて言ってたんですか？」

「母にとって、二枚の絵は大切なお守りでした。ひとつは、自分が大好きやった人のための。もうひとつは、母自身と私のための」

大好きな人——、と聞いて、心臓が一度跳ねた。

「大好きな人というのは、この人のことですよね」

明日香が、昇治を指さす。デリカシーの欠片もない。

「そうです。母は、その絵のおかげで大好きな人が生きて帰って来たんやって話してました」

「この母子像は？」

「そのときのことは、もちろん私は何も覚えてないんですけど……、いつ、どこで、何がきっかけで描いてもらったものなのか、大人になって尋ねても、母は教えてくれませんでした。ただ、母と私にとって大切なお守りとだけ」

昇治は、明日香が持つ母子像に改めて目をやった。

絵の中のさゆりは、とても暗い目をしている。女中から差しかけられた日傘の下で、幸せそうに笑いながら赤ちゃんを抱いていたさゆりとは別人のように見える。

昇治は、ふと、この絵が描かれたのは日仏学館なのではないかと思った。もし、さゆりが藤田らしき男と再会したのなら、日仏学館以外考えられない。きっとふたりは、「ノルマンディーの春」の前で、再び遭遇したのだ。

明日香は、元あった場所に、慎重に母子像を掛け直した。

テーブルに戻り、昇治の横に腰を下ろす。

「あの……、さっきの女性とは、どういう御関係なんでしょう」

芳子に向かって、いきなり明日香は切り出した。

「おい」

昇治は顔をしかめた。あまりにも遠慮がなさ過ぎる。

「いいんです」

芳子は薄く笑った。

「もう、お話しすると決めたんで」

首を捻り、昇治に顔を向ける。

「すみれちゃんは、文乃さんとあなたの子どもです」

息が止まった。一瞬にして全身が凍りついたように感じた。

明日香は冷静だ。勘のいい人間だから、女性の姿を見たときから薄々わかっていたのかもしれない。

「文乃さんは、ぎりぎりまで妊娠していることを隠して……、そして、出産したそうです。生まれてきた子には、障害がありました。母が嫁いでいたのは、繊維会社を経営してる西陣の旧家で、大旦那さんは、激怒しました。未婚の女性が赤ちゃんを産むだけでも世間体が悪いのに、その子に障害があるなんて知られたら、会社の評判にも関わるというんです。病気の母親まで引き取って面倒を見てきたのに、自分への裏切り行為だとも思ったのでしょう。大旦那さんは、文乃さんとすみれちゃんだけやなく、父と母を離婚させて、私といっしょに家を追い出したんです」

血の気が引いていた全身から、今度は脂汗が噴き出した。

息が苦しい。心臓が早鐘を打っている。なんとか正気を保つため、必死で歯を食いしばる。

「ただし、ただほっぽり出したら、却って悪い評判が立つかもしれへんとでも考えたんでしょう。大旦那さんは、私たちのためにこの家を買い、暮らしに困らないよう、しばらくの間は金銭的な援助もしてくれたようです。それからは、私たち家族は、世間から隠れるようにして生きてきました」

昇治は、両手で顔を覆った。

自分が仕出かしたことが、そんなことに繋がっていたとは。

「何年か経って金銭的な援助がなくなってから、母は、昼も夜も働いて生活を支えてくれました。幸いなことに、隣に住んでたのがやさしいご夫婦で、親身になって私やすみれちゃんの面倒を見てくれて……、私たちは、それほど不自由な思いをすることなく育つことができました。私は、看護婦の免許を取ってからは、すみれちゃんがお世話になってる近くの施設に就職しました。そこなら、ずっとすみれちゃんといっしょにいられるからです」

昨日見たグループの中に、すみれもいたのだろう。芳子は、すみれのことを第一に考えながら生きているということか。

「さゆりさんが、死ぬ間際に伝えておきたかったことって……、すみれさんのことでしょうか」

明日香の質問に、芳子は、小さくうなずいた。

「文乃さんはもう亡くなってますから、自分まで死んでしもたら、私ひとりがすみれちゃんを背負って生きていくことになります。それを母は心配したんでしょう。あなたに援助をしてほしいと考えたのかもしれません。ただ、私には、ひとことも相談はありませんでした。母が書いた手紙を投かんしたのも担当の看護婦さんで……、私があなたからの手紙を見たのは、母が亡くなってからです」

「そういうことなら、是非私に――」

援助させてほしい――、と昇治が続ける前に、

「結構です」

有無を言わせぬ口調で、芳子は言い切った。

「生活は楽ではありませんが、なんとかなります。それに――」

そこで、芳子は、いったん口を閉ざした。

「それに？」

明日香が先をうながす。

「私には、結婚を約束した人がいます。同じ施設で働いている男性です。彼は、もちろんすみれちゃんのことを知ってます。すみれちゃんの環境が変わらへんように、ここでいっしょに暮らすことになってます。だから、金銭的なことを含めて、ご心配には及びません」

「お金の問題じゃありません」

明日香が口を挟む。珍しく静かな声音だった。

「この人と私の間には、娘がいます。つまり、すみれちゃんの妹です。私は、このことを娘に伝えなくちゃならない。娘が会いたいと言ったら、私はここに連れて来ます。拒否する権利は、私たちにはありません」

芳子は、黙って唇を嚙んだ。

「あなたのお気持ちはわかります。いくら知らなかったこととはいえ、いまさら父親面して援助なんて、ふざけんなって話ですよね。でもね、この人はこの人なりに、ずっと苦しんでたんですよ。嘘じゃありません。見てください、この人」

芳子が昇治に目を向ける。

「本当のことを知って、動揺しまくって、ビビッて冷や汗流しまくって……、多分、今すぐ消えてなくなってしまいたいとでも思ってるでしょう。すみれさんのことを知らなければ、この人は、このまま高級老人ホームに入って、死ぬまで優雅に生活してたはずです。でもね、それでいいはず、ないじゃないですか。償いとか、同情とか、そんなことじゃありません。この人には、人間としてやるべきことがあるんです」

昇治は、肩を落とした。ひとことも言葉が出てこない。何を話し、どういう行動をとればいいのか、まるでわからない。

岩のように重たい沈黙が舞い降りた。息をするのも難しく、指一本動かすこともできない。

すると、いきなりドアが開いた。

「よしこちゃん」

呼びかけながら、すみれが部屋に入ってくる。

「あ、ごめんごめん。待ちくたびれてしもたか」

言いながら、芳子は立ち上がった。

「これから出かける約束をしてるんです。府立植物園に花を見に」

笑顔を向けながら、すみれの許に歩み寄ろうとする。

ガタッと音をさせながら、昇治は椅子から立ち上がった。何か考えていたわけではない。無意識のうちに身体が動いた。

左足だけで飛び跳ねるようにして、すみれの前に進む。

最初、キョトンとした顔で昇治を見たすみれは、次に小首を傾げ、また真っ直ぐ前を向き、

「誰？」

やや甲高い声で、そう訊いた。

それには答えず、昇治は、すみれの手を取った。

驚いたすみれは、慌てて手を引っ込めようとした。しかし、目の前でポロポロと涙を流し始めた見知らぬ男を見て、動きを止めた。

すみれの手のひらのぬくもりが伝わり、凍りついていた身体が溶けていく。

きょとんとした表情で、すみれが昇治を見つめる。

脳裏には、さゆりと文乃の顔が交互に浮かんでいた。

すみれの手を握ったまま、おいおいと声を上げて昇治は泣き続けた。

3

芳子とすみれといっしょに家を出た。

芳子からは、「今日は私の気持ちに余裕がないし、いきなり現れた父親を見てすみれちゃんも動揺しているから、申し訳ないがもう帰ってほしい」と言われていた。すみれには「父親は行方がわからない」とだけ、以前伝えていたらしい。昇治のことは、植物園に行って、すみれが大好きな花を見ながらゆっくり話してみるという。

芳子は、四十九日の法要に来てもらえたら、そのとき時間を作ると言ってくれた。昇治も明日香も、必ず出席すると約束した。

府立植物園方面に向かう市バスに乗り込むとき、すみれは、微かだが、笑みを向けてくれた。それを見て、また涙がこぼれた。

ふたりを見送ると、昇治は、へなへなとバス停のベンチに座り込んだ。明日香も、やはり、大きく息をつきながら腰を下ろす。

しばらくの間、ふたりは、ただぼんやり目の前の風景に目をやっていた。初めて知った事実の衝撃が大き過ぎて、まだ受け止めきれない。

バスがやって来て、二人の目の前で停まった。プシューッと音を立てて扉が開く。しかし、ふたりは、バスの存在など見えないかのように、身じろぎもせず、視線を動かしもしない。

扉が閉まり、バスが動き出す。

そこでようやく、昇治は我に返った。横を向くと、明日香は、相変わらず焦点の合わない視線を前方に向けている。いつも元気いっぱいな明日香にしては珍しい。

「どうした？」

声をかけると、

「いろいろとね、考えてたのよ」

ひとりごとのようにつぶやく。

「なにを？　なんか気になることでもあるのか？」

「うん」

「藤田の絵のことか？　さゆりさんと芳子さんを描いた」

「それもある」

明日香は腕を組んだ。

「あれが本当にフジタの絵だったとしたら、結構なお宝よね。ただ、それよりも、あの絵がどういうシチュエーションで描かれたのか、それが知りたいな。さゆりさん、あの絵の中で、なんか思い詰めたような顔、してたでしょう。すごく暗い目をしてた」

「ああ」

確かに昇治も気になっていた。あんな表情のさゆりは、見たことがない。

四十五年前——。昇治の姿を見て、さゆりは悲鳴を上げた。あのあとどんなことが起きたのかは、まだわからない。ただ、描かれている赤ちゃんが、自分が見たときと変わらないことから考えて、あの絵は、あれからさほど間がないうちに描かれたのは間違いないだろう。

「芳子さんは、あの絵は、さゆりさんと芳子さん、ふたりにとってのお守りだって言ってた。お守りって、どういう意味かな」

「富士山と蛙の絵が、俺の命を守ってくれたって思ってたんなら——」

「あの絵が、ふたりの命を守ってくれた？」

昇治は首を捻った。

「どういうことだろうな」

「まあ、さゆりさんはもういないんだから、それについては、考えたってどうしようもないことだけどね」

「他にも、何か気になることがあるのか？」

「うん」

明日香は、渋面を作った。

「ひとつ、気になってることがあるのよ。文乃さんのことなんだけど」

「なんだ？」

「芳子さん、確か『母は、昼も夜も働いて生活を支えてくれた。隣に住んでいたご夫婦がやさしくて、親身になって面倒を見てくれた』。そう言ってたでしょう？」

「ああ」

「文乃さんの名前は、出てこなかったわよね。さゆりさんが働いて、隣の夫婦が芳子さんやすみれさんの面倒を見ていたとき、文乃さんは、いったいどこにいたのかな」

――そう言われてみれば、確かにおかしい。

「まあ、今日は詳しい話までは聞けなかったからな」

「そうなんだけど……。芳子さん、まだ何か大事なことを隠してるような気がする」

「でもさ、無理に聞き出そうなんて思うなよ。言いたくないことだってあるかもしれないし、俺たちが立ち入るべきじゃないこともあるだろうから」

「それは、そうだけど……」

明日香は、納得のいかない顔つきだ。

「今日のこと、本当に沙希に話すつもりなのか？」

「当たり前じゃない。すみれさんは、沙希のお姉さんなのよ。このことはすぐに話す。で、すみれさんに会いたいって言ったら、京都に連れて来るわ。四十九日のときは夏休みで日本に帰って来てるはずだから、私たちといっしょに来ればいい。まあ、事情が事情だから、会いたくないって言う可能性もなくはないけど」

「そうか……」

すみれと沙希が姉妹だという実感は、昇治にはもちろんまだない。もし沙希がすみれと会ったらどんな反応をするか、想像もできない。

「私、北海道に行って来る」

突然、明日香は話題を変えた。

「なんなんだよ、やぶから棒に」

「叔父さんが模写したっていう、フジタの絵が見てみたい」

「『ノモンハン事件』のか？」

「そう」

どうやら、さっき見た二枚の藤田の絵が、明日香の好奇心に火を点けてしまったようだ。

「いつ行くんだ」

「東京へ帰ったら、すぐに。今、ちょうど暇だから」

昇治も、興味はあった。こんな身体になっていなければ、いっしょに行きたいところだが、さすがに今は疲れている。とても遠出は無理だ。

「どんな絵か、見たらすぐに教えてあげる。写真も撮ってくるから」

さっきまでぼんやりしていたと思ったら、明日香の目は、今はきらきら輝いている。今回のことは、ショッキングではあるが、明日香にとっては、刺激的で興味深い事件だったのかもしれない。長年抱いてきた元夫への不審の原因もわかって、すっきりしたこともあるのだろう、今の明日香は、とても生き生きしているように見える。

元妻の横顔が、なんだかやけに眩《まぶ》しかった。

4

明日香から電話がかかってきたのは、東京に戻った翌日の夕方だった。今、北海道にいるという。その行動力とタフネスさに、昇治は感服し、そしてあきれた。

〈見たわよ、ノモンハンの絵〉

興奮した声音で話し始める。最初からやたらに早口だ。

〈まだ戦時中のことだけど――、フジタの絵を自宅に持ってた軍人さんの親戚に、叔父さんの尋常小学校の同級生がいたらしくてね、美術学校進学を目指してた叔父さんが、頼み込んで模写させてもらったみたいなのね。子どもが描いたものだから下手なんだけど、どんな絵かはわかった。美術館にあるのとは全然違う絵だった〉

「前置きはいいから、どんな絵なんだ？」

明日香につられて、昇治も早口になる。

〈ソ連の戦車から発射される砲弾やら銃弾やらで、日本兵がバタバタ撃たれて死んでるんだけど、みんな、恐怖で顔をひきつらせながら、断末魔の叫び声を上げてるの。それでね、日本兵の死体が積み重なってるんだけど、その死体の山を、ソ連の戦車が踏み潰してるのよ〉

「それはまた、凄まじい……」

美術館に展示されているのは、ソ連の戦車に勇敢に立ち向かい、それを破壊する日本兵の姿だったはずだ。それとは正反対の絵ということになる。しかし、「ノモンハン事件」

の真実は、間違いなく明日香の叔父さんが模写した絵のほうにある。

〈それとね、叔父さんの話だと、フジタは、出征する兵士に送る寄せ書きを頼まれたとき、よく蛙の絵を描いてたそうよ。実物を見たことはないけど、そういう話は聞いたことがあるって〉

白髪まじりの坊主頭に、茶褐色の国民服を身に着けた初老の男の姿が頭に浮かんだ。

――あれは、本物の藤田嗣治画伯だったのか。

しかし、今となっては、確かめようがない。母子像のほうも、芳子は、鑑定に出す気はないと言っているのだ。

〈あなたのためにあの絵を描いてくれたフジタは、軍部の協力者でも戦争賛美者でもなかったのよ。当時は、音楽家も、文筆家も、画家も、軍部に協力させられていた。軍部の言いなりになってしまったことは、糾弾されて当然だけどね。でも、芸術って、元々平和な世の中でこそ楽しめるものじゃない。そんなの、みんなわかってたはずよ。きっとフジタも、心の中では、若者が戦場で死んでいくことに心を痛めてたんだろうね。本当は、戦争そのものにも反対してたのかもしれない。私は、そう思いたいな〉

「ああ……」

きっとそうだ。あの絵を渡してくれたとき、男はとても悲しい目をしていた。

〈それからね、今度わかったことを沙希に伝えた〉

「伝えたって……、どこまで」

〈もちろん全部よ〉

「全部？　俺が京都でやったこと、全部か？」

〈当たり前じゃない〉

昇治は絶句した。

〈久し振りに長電話したわ。電話代が心配。あなたに請求するからね〉

「それで……、沙希は、なんて？」

〈驚いてたわよ。当然だけどね〉

「俺のこと、軽蔑したか？」

〈それはなかったと思うよ。まあ、面と向かって話したわけじゃないから、聞きながらどんな顔してたかまではわからないけど……、声を聞いた限りでは、淡々と事実を受けとめてた感じだったたな。お父さんにそんな情熱的な過去があったのかって、そこは驚いてたけど〉

「情熱的……」

昇治は苦笑した。

〈今度会ったら、あなたから話してあげてね。沙希も、あなたから直接聞きたがってるから〉

「すみれちゃんのことは？」

〈そこは、やっぱり複雑な心境みたいね。いきなりお姉さんがいたなんて聞かされたら、そりゃ驚くし、すぐには受け入れられないのも当たり前だと思う。夏休みには予定通り帰って来るようだから、さゆりさんの四十九日には間に合うけど……、京都に行くかどうかは、そのとき、本人が決めればいい〉

「ああ、そうだな」

無理強いすることはできない。沙希が決めればいいことだと、昇治も思った。

〈ところで、あなた、大丈夫なの？〉

「なにが」

〈家のこと——。食事とか、掃除とか〉

「前は家政婦さんに週一回来てもらってたんだけど、それを週三回に増やしてもらえるように頼んでる。多分問題ないと思う」

〈でも、家政婦さん、夕方には帰っちゃうんでしょう？〉

「それはそうだ。そんなに長くいられても困る」

〈心配だな〉

「だから、なにが」

〈夜、ひとりきりになって、寂しさのあまり酒に溺れるとか、甘いもの食べまくるとか。それで、また倒れるとか〉

「どういう想像だ、それは。だいたい、俺は、今までだってひとりだったぞ」

〈でも、あなた、人生変わっちゃったでしょ？　身体は不自由になったたし、あなたが仕出かしたことのために、ひとつの家族がどん底に落ちたことも知ってしまった。あなたは、不自由な身体に、新しいトラウマを抱えて生きてくことになる。今まで通りってわけにはいかないわよ〉

「まあ、それはそうだけど……」

〈しばらくの間、私がいっしょにいてあげようか〉

「なに？」

一瞬、意味がわからなかった。

〈だから、いっしょに住んであげようか。元々家族で暮らしてた家なんだから、勝手はわかってるし〉

「本気で言ってるのか」

〈もちろんよ。ひとりでいるとき、また倒れられたら大変だし。沙希がバージンロード歩くときまでは生きててもらわないとね。だいたい、病気を抱えて、ひとりきりで人生の晩年を過ごすなんて、ヘビー過ぎるでしょ？　あなたって、元々ひとりじゃなんにもできないんだから〉

「仕事はどうするんだ？」

〈日中は、自分のアトリエで仕事するわよ。そのあとそっちに行く。晩御飯をいっしょに食べて、泊まって、朝ごはん食べて、あなたのところから自分のアトリエに出勤する。暇なときは、口述筆記に付き合ってあげてもいいわよ〉

「それはどうも……」

昇治は、小さく息をついた。

確かに、今までにないストレスがかかっている。昨夜は、睡眠薬を普段の倍量飲まないと眠れなかった。

「本当に、本気なんだな？」

〈もちろん〉

「そうか……」

明日香が側にいてくれれば安心だと、素直に思う。これほど頼りになる相棒はいない。

〈あ、でも、寄りを戻すってわけじゃないわよ。寝室は別々でね。その点は――〉

「わかってるよ、そんなの」

〈じゃ、決まり。東京に戻ったら、必要な物だけ持ってそっちへ行くから〉

「ああ」

〈じゃあね〉

「明日香」

慌てて名前を呼んだ。

〈なに？〉

「ありがとう、いろいろ。君がいてくれて助かる。本当に」

〈今度、回転じゃないほうのお寿司、ごちそうして〉

楽しげな口調でそう言うと、明日香は電話を切った。

昇治も受話器を置く。しかし、頭の中では、速射砲のように繰り出される明日香の言葉が、まだ残響のようにして残っている。

仏壇に置かれていた写真の中のさゆりと、今の明日香の顔を、順に思い浮かべてみる。

さらに、出会った頃のふたりの顔を思い起こす。

若い頃、もしさゆりと明日香が同時に目の前に現れたら、どっちを好きになっただろうと、昇治は、バカなことを考えた。

VI

1

五年振りに帰国した沙希は、金色に染めた髪に、黒いTシャツと穴の開いたジーンズを身に着け、ピアスやらネックレスやらブレスレットやらをじゃらじゃらさせて現れた。ただ、鼻に穴は開いておらず、タトゥーも入れていないことがわかり、昇治はとりあえず安心した。

久し振りに、明日香と沙希と三人、自宅で向かい合って座った。

沙希には、戦前からのことを改めて全部話した。

「お父さん、人間のクズだね」

途中で口を挟むことなく話を聞き終えると、面と向かって沙希は言った。ただし、それは、非難ではなく、揶揄《やゆ》するような口調だった。ののしられるかと身構えていたので、正直ホッとした。

そのあとは、久し振りに三人で食卓を囲んだ。沙希は、ニューヨークでの生活のことを楽しげに話してくれた。今度は、昇治が娘の話に耳を傾けた。

さゆりの四十九日の法要には、結局、沙希もいっしょに行った。当日の朝まで迷っていたようだが、「お父さんの過去と向き合うのも、娘の務めかもしれないもんね」などとうそぶきながら、手早く旅行のための荷物をまとめた。

芳子の家では、沙希は、最初のうち、すみれとどう接したらいいのかわからないようだった。すみれのほうも同じように見えた。ところが、沙希が写真家の卵だと知ると、すみれは目を輝かせ、自分の部屋に誘った。芳子によると、すみれはカメラが趣味で、自分の好きな花やきれいな風景を写した写真が何百枚もあるらしい。

あとで沙希は、「すみれさんと話せてとても楽しかった」と嬉しそうに話した。すみれの撮った写真についても、「とてもセンスがいい」と褒めていた。

法要のあとは、二日間京都に滞在し、芳子から話を聞いた。

離婚された家からの援助がなくなってから、さゆりは、昼は保険の外交、夜は大衆食堂で働いて家族の生活を支えた。そして、働きながら簿記の資格を取り、文房具を製造する会社で経理の仕事に就いた。

その後、尋常小学校の同窓会で再会した友人に乞われ、彼女が代表を務めるイベントの企画会社に三十代後半で転職。そこでは、経理の他に、障がい者支援のためのイベント企画などにも関わったという。その会社で働き始めてからの母は、とても生き生きしていて楽しそうだったと芳子は話してくれた。

さゆりは、昇治の小説を全部読んでいたらしい。新刊が出る度に夢中になって読みふける母の姿を、よく覚えているという。

文乃を捨てて逃げた男が作者だとは聞いておらず、相当面白い作品なのだろうと思って自分も読んでみたのだが――、

「私には、ちょっと合わへんかったかな」

そう言って、芳子は肩をすくめた。昇治は、苦笑するしかない。

四十歳前後のとき、さゆりには付き合っていた男性がいて、プロポーズもされたらしい。相談された芳子は、自分の思った通りにすればいいと答えたのだが、さゆりは、結局再婚しなかった。「私は今のままが幸せやねん」と言って笑っていたという。

芳子が看護婦の免許を取ってすみれの施設で働くことが決まったときは、涙を流して喜んでくれた。

「母ほど強くて情が深い人って、なかなかいいひんと思います」

アルバムの中の、満面の笑みを浮かべたさゆりを見ながら、芳子は言った。

文乃は、パート勤めをしながら施設でボランティアをし、一生懸命すみれを育てたという。ただ、健康診断をしたことがなかったこともあって、癌が見つかったときには手遅れで、あっという間に亡くなってしまった。昇治について、恨みがましいことは一切言わなかったという。

「生活は楽やなかったけど、みんなで助け合いながら、結構楽しく生きてきたんです。そやから、もう自分を責めんといてください」

最後に、芳子は、そう言ってくれた。

昇治は、声を上げて泣いた。少しだけ、心が軽くなった。

2

その年の十二月半ば——。芳子が結婚した。

相手は、三つ年下の同じ施設で働く職員で、見るからにやさしく穏やかな感じの男性だった。

披露宴は、関西日仏学館の「ル・フジタ」で行なわれた。生前のさゆりの希望だったという。費用は、昇治が全額負担した。

芳子と婚約者は、その申し出を最初強硬に拒んだが、明日香が仲裁に入ってくれた。日仏学館は、さゆりだけでなく昇治にとっても思い入れのある場所だから、そのくらいのことはさせてあげてほしいと言って説得したのだという。

披露宴には、施設の職員や、入所者とその家族も、多数招かれた。沙希もアメリカから駆けつけた。

披露宴では、沙希とすみれが隣の席に座った。ふたりは、ずっとひそひそとふたりだけの会話を続け、ときどき声を上げて笑っていた。すみれが披露宴に飽きてくると、学館の外に出て、広い庭をふたりで駆け回っていた。

昇治の横には、明日香がいる。

仕事は自分のアトリエでやると言っていたのに、しばらくすると、明日香は、仕事道具を次々に運び込み、昇治の家のリビングの一角がアトリエのようになってしまった。家政婦に邪魔者扱いされながら、そこで明日香は、毎日絵を描いた。

昇治の口述筆記にも付き合ってくれた。書きかけていた「作家と画家の夫婦とその娘の生活を巡る」作品も、明日香のおかげで無事完結し、単行本化された。思ったほど売れなかったが、芳子の披露宴の費用分ぐらいにはなった。

作品について、沙希は、「娘としては興味深かったが、小説としての出来はイマイチ」だと辛辣な批評をした。

腹が立ったから、引退するのはやめて、最高傑作にするべく新作の構想を練り始めた。さゆりと文乃、そして昇治自身を巡る物語だ。自分のためにも、書き残しておきたかった。

施設の入所者たちが、満面の笑みで、花を一輪ずつ芳子に渡し始めた。

「ノルマンディーの春」の前で、ウエディングドレスを着たさゆりの娘が、美しい笑みを浮かべている。

その光景を、とてつもなく幸せな気分で、昇治は見ていた。

3

それから四年後の、一九九七年十一月——。
『ノルマンディーの春』というタイトルの、昇治の新刊が発売されて間もなく——。
すみれは、心筋梗塞でこの世を去った。
そして、二〇〇〇年十月——。
明日香と沙希に見守られながら、昇治も、永久《とわ》の眠りについた。

VII

――二〇〇〇（平成十二）年十月

昇治の葬式には、芳子と彼女の夫も参列してくれた。

二人揃って何日も施設を休むわけにはいかず、夫のほうはその日のうちにとんぼ返りしたが、芳子は、翌日も残ってくれた。

別れた夫とはいえ、最初にふたりで京都に行って以来、夫婦だったときより濃密な時間を過ごしていたから、昇治が亡くなってからの数日間、明日香は、ほとんど放心状態だった。昇治の死を知って京都から飛んできてくれた芳子が、身内のように支えてくれた。

一ヶ月の入院を経ての死だった。沙希は、かろうじて最期のときに間に合った。その二日後には、ニューヨークで同棲している、建築家だというアフリカ系アメリカ人の男性も来日し、寺で行なわれた葬式に、ふたり揃って参列した。

葬式の翌日――。

昇治の家のダイニングテーブルで、明日香と芳子は、ふたりきりで向かい合っていた。

「いろいろとありがとう」

この日、京都に帰ることになっている芳子に向かって、明日香は頭を下げた。

「そんなん……。大したことはしてませんよ」

「でも、芳子さんがいてくれて助かった」

芳子が微笑む。

「ねえ、芳子さん」

明日香は、真っ直ぐ芳子を見た。

「ふたりきりで話すことなんてあんまりないから……、思い切って訊きたいんだけど」

「なんですか？」

「昇治はいなくなっちゃったんだから、もういいんじゃない？」

「はい？」

芳子は眉をひそめた。

「昇治はね、前に私に言ったことがあるの。最初に芳子さんの家に行ったあと……、私が、芳子さんはまだ何か隠してることがあると思うって話したとき——、無理に聞き出そうなんて思うなって、芳子さんだって言いたくないことがあるかもしれないし、自分たちが立ち入るべきじゃないこともあるだろうからって」

芳子の目が、わずかに見開かれた。

ふたりの視線がぶつかる。

「あのあと会ったときも、結局、あなたから詳しい話は聞けなかった。あなたは、戦後昇治が京都に来たとき何があったのかは、さゆりさんも文乃さんも詳しく話してくれなかったから、最初に話した以上のことは、ほとんどわからないって言った。それに、文乃さんについては、元々あまり話したがってないようだった。私はもっと知りたかったけど、昇治は、無理に聞き出そうとするなって、私を止めた」

「私は、ほんまに——」

「私はね——、芳子さんが隠してることがあるとすれば、それは、昇治のことを気遣ってのことじゃないかって思ってるの。違う？」

今度は、芳子は、唇を嚙み、目を伏せた。

「あなたは、まだ大事なことを話してない。私はそんな気がする」

「考え過ぎですよ」

芳子は笑った。作ったような笑みだった。

明日香は、ため息をついた。

「もしかしたら、私なんかが知らなくてもいいことなのかもしれない。でもね、私、あなたとは、これからも仲良くしたいのよ。隠し事は勘弁してほしい。さゆりさんも、文乃さんも、すみれさんも、そして昇治も、もうこの世にはいない。そろそろ本当のことを話してくれてもいいんじゃない？」

芳子は、黙ったままうつむいている。

しばらくの間、沈黙が続いた。

家の中は静まり返っていた。ふたりの呼吸だけが、微かに空気を揺らした。

「じゃあ、ひとつだけ」

明日香が口を開く。

「イエスかノーだけで答えられる質問だから」

芳子は顔を上げた。

「すみれさんは、本当に昇治の子どもなの？」

本気で疑っているわけではない。ただ、昇治への誘惑の仕方を考えると、本当に文乃が処女だったのかは疑わしい。女の直感として、他に男がいたのではないかと明日香は怪しんでいた。

すぐに返事をされると思った。しかし、芳子は、口を開かなかった。

しばらくの間、ふたりは無言で見つめ合った。

どう話すか、芳子は迷っているように見える。

明日香は待った。

やがて、芳子の唇が動いた。

さゆりと文乃

I

――一九四八（昭和二十三）年七月

昇治が出征してから、さゆりは、何度も関西日仏学館に足を運んだ。昇治の無事を祈るなら、神社や寺ではなく、「ノルマンディーの春」の前が一番ふさわしいと思ったのだ。それに、もうひとつ――。万が一の可能性ではあるが、学館に来ていれば、藤田画伯に再会できるかもしれないという期待もあった。本当にあの男性が藤田だったのなら、きちんとお礼が言いたかった。そして、「ノルマンディーの春」が、自分と昇治にとって、どんなに大切な絵なのかということを伝えたかった。

ただ、昇治がいなくなったあと、学館には、以前にも増して特高の目が光るようになった。学館がスパイ活動の温床になっているのではないかと疑われたらしい。さゆりも、何度かあとをつけられたような気がしていた。そんな状況の中では、藤田がここを訪れることは難しかったかもしれない。結局、一度も遭遇することはなかった。

月に何度か、さゆりは、ひとりで日仏学館を訪れた。そして、巨大な絵の前で、目を閉じ、頭を垂れて、昇治が生きて帰って来ることを念じ続けた。

祈りは通じた。死んだと思っていた昇治は、生きて目の前に姿を現した。

しかし、そのために、考えもしなかった悲劇が起きてしまった。

さゆりは、自分たちの運命を呪った。

朝から小雨が降り続く日の午後——。芳子を背負い、さゆりは、久し振りに日仏学館を訪れた。昇治戦死の知らせを受けて以来のことだ。

さゆりは、親子心中することを決意していた。そのつもりで、家から強い殺虫剤をひと瓶持ち出している。芳子の首を絞めたあと、殺虫剤を飲むと決めていた。

その前に、「ノルマンディーの春」を見ておこうと思った。人生で一番の幸せに包まれていたときのことを、最後にもう一度だけ思い出したかった。

——三人の少女。

――白い犬。

――白い花をつけた大きなリンゴの木。

――フランスの田舎の街並み。

出征するまで、さゆりのすぐ横には、昇治がいた。

戦争などなければと、いまさらながらさゆりは思う。

お互い学校を卒業し、好きな道に進み、結婚し、子どもをもうけ、穏やかに、幸せに暮らしていたはずだ。

しかし、そんなことを考えてみても、もうどうにもならない。自分は死ぬしかない。

未練を断ち切るために、目を伏せ、踵を返して、絵に背中を向ける。

そのとき――、すぐ先に人の気配を感じた。

ハッとして顔を上げる。

さゆりは息を呑んだ。

ホールの入口に、藤田が立っていた。

最初は、自分が作った幻だと思った。しかし、それは、紛れもなく藤田嗣治だった。おかっぱ頭に、ロイド眼鏡、ひょろりと細い体軀。半袖の白い開襟シャツに白いズボンを身に着け、肩から大きな鞄を下げている。

戦争末期の一時期、日仏学館は軍部に接収されていたが、今は元の姿に戻っている。もちろん特高の監視もない。戦時中には一度も遭遇しなかったが、誰にも見咎《みとが》められることなく自由に出入りができる今は、藤田も、よくここを訪れているのかもしれない。

まさか今日出会えるとは思ってもいず、さゆりは、咄嗟《とっさ》に言葉が出てこなかった。藤田に視線を向けたまま、その場に立ち尽くしていた。

すると、

「以前も、ここでお会いしませんでしたか?」

藤田が訊いた。

さゆりは驚いた。覚えてくれていたのだ。

「あ、やっぱりそうだ」

嬉しそうに笑いながら、足早に歩み寄る。

さゆりは、慌ててお辞儀した。

「よう覚えていらっしゃいますね」

やっとのことで、それだけ口にする。

「私の絵の前で結婚の約束をするなんて——、そんなところを目撃するなんてこと、初めてでしたから、よく覚えていますよ」

藤田は、背中ですやすや眠っている芳子に目を向けた。

「じゃあ、その赤ちゃんは――」

「いえ」

さゆりは、床に目を落とした。

「この子は、違うんです」

「違う？」

「あ――、けど……、あの人は、生きて帰ってきました」

藤田は目を細めた。

さゆりの言い方から、何か事情があることがわかったのかもしれない。黙ったまま、じっと見つめている。

「失礼します」

いたたまれなくなり、深く頭を下げると、さゆりは、扉に向かって歩き出した。

「ちょっと待ってください」

横を通り過ぎたとき、藤田が呼び止めた。

立ち止まり、振り返る。

「あなたと赤ちゃんを描かせてもらえませんか？」

藤田は、痩せこけた頬に笑みを浮かべた。

「ここは暗いから、二階のほうがいいかな。時間は取らせません。私、描くの、速いんですよ」

さゆりは、呆気にとられながら藤田の顔を見返した。

「戦時中は、戦争の絵ばかり描いてきました。母親と赤ちゃんの絵は、平和の象徴です。是非描かせてください。さあ――」

今度は、藤田が先に立って扉のほうに向かう。

まるで何かに引っ張られるようにして、さゆりも歩き出した。藤田のあとについてホールを出ると、廊下を進み、階段を上がる。

二階から降りて来たフランス人らしい男性が、踊り場ですれ違うとき、笑顔で「ボンジュール（Bonjour）」と挨拶した。藤田は「サルー（Salut）」と言葉を返す。

「サルー」は「ボンジュール」よりくだけた挨拶言葉だと習ったことを、さゆりは思い出した。今のやり取りだと、「こんにちは」「やあ」という感じだろうか。きっとふたりは顔見知りなのだろう。やはり藤田は、よくここを訪れているようだ。

二階には、フランス語を習っていた教室がある。藤田は、そこに入って行った。スイッチを捻り、天井の明かりを点ける。それでも、部屋はまだ薄暗い。

机や椅子は、固めて壁際に寄せてあった。そこから椅子をひとつ取り上げると、藤田は窓際に置いた。雨は降り続いていたが、窓から微かに光が入ってくる。

「座ってください。赤ちゃんを胸に抱いて」

さゆりは言われた通りにした。魔法にでもかかったような気分だった。

もう一脚椅子を持ってきて、さゆりの正面に腰を下ろすと、藤田は、肩から下げていた鞄からスケッチブックと鉛筆を取り出した。

背中から下ろすとき、芳子が目を覚ましてぐずり出した。あやしながら胸に抱くと、ほどなく笑い始める。

藤田は、すでに鉛筆を動かし始めていた。ときどき「こっちを見て」と言う以外、黙々と描き続ける。
五、六分ほど経っただろうか、ふと手を止めると、
「あなたにどんな事情があるのか、私にはわからない」

ぽつりと、藤田は言った。

「ただ、今のあなたの表情からは、絶望しか感じ取れない。以前お会いした戦時中は、目の前の未来には絶望しかなかったのに、あなたの顔には、遠い未来に対する希望が見えた。いつか絶対に幸せになるんだという、強い生命力のようなものを感じた。でも、今日は正

反対です。私は、心配しています」

さゆりは唇を噛んだ。

「戦争ではね、たくさんの人が死にました。兵隊さんだけじゃなく、普通の人も……、お年寄りも、子どもも、たくさん死にました。今、こうして生きていることは、それだけで幸運なのかもしれません。そうは思いませんか？」

「生きてることが、地獄やということもあります」

藤田を睨みつけながら、さゆりが反論する。

「そうかもしれません。でも、赤ちゃんにはなんの罪もない」

話しながら、また鉛筆を動かし始める。

「人はね、自分のためじゃなく、誰かのためになら生きることができるんです。絶対に守らなければいけない人がいれば、その人のために生きられるんです。あなたにとって、今はその赤ちゃんがそうです。あなたは、その子を守って生きなければいけない」

芳子は無邪気に笑っている。それを見ているうちに、涙が溢れ出した。

さゆりの頬を伝って、涙が芳子の額に落ちる。むずがりながら、芳子が、きゃっきゃと声を上げる。

「できました」

藤田は、スケッチブックをこっちに向けた。

暗い表情のさゆりと、無邪気に笑う芳子の姿が描かれている。

藤田は、そのページを破った。立ち上がり、さゆりの前に立つ。

「これは、差し上げます」

描かれたばかりの母子像を、さゆりは受け取った。

「これは、お守りです。この先も、死にたくなるほど絶望することがあったら、この絵を見て、今日のことを思い出してください。私の顔を思い出して笑ってください。そして、生きてください」

「私は、今日、この子と――」

そこで、さゆりは、言葉を呑み込んだ。

「あなたの苦しみは、私にはわからない」

静かな口調で、藤田は続けた。

「でも、少なくとも、今日だけは、おかしなことを考えないでください。せっかくこうして再会できたのですから、私に免じて。いいですね？」

さゆりは、目の前に立つ画家を見上げた。

藤田は、自分と芳子に、慈しむような眼ざしを向けている。

「以前、私の絵の前であなたとあなたの恋人を見たとき……、出征前の彼が、あなたに求婚している姿を見たときです。私は、『ああ、なんて美しい』と思いました。あんな荒《すさ》んだ世界の中にあって、あんなに美しい光景を見ることができて、私は幸せだった。今でも私は、あのときのあなたたちの姿を思い浮かべることがあります」

藤田は、やさしく笑った。

「あなたも、あのときのことを思い出してください。あのときの気持ちを思い出してください。そうすれば、どんな苦難にも打ち勝てます。どんなに困難なことがあっても、乗り越えて行けます。いいですね」

求婚されたときの昇治の顔が浮かんだ。その表情には、強い決意と同時に、将来に対する希望が浮かんでいた。自分も、同じような顔をしていたかもしれない。

右手が差し出された。顔を上げ、藤田の手を握る。

「オ・ルヴォワール（Au revoir）」

そう口にすると、藤田は、あなたもどうぞ、というように目くばせした。

「オ・ルヴォワール」

数年前まで習っていたからか、スムーズに発音できた。

藤田が、嬉しそうに笑う。

「Au revoir」には、「また会いましょう」という意味が込められていると習ったことを、さゆりは思い出した。

芳子の頭をやさしく撫でると、藤田は、教室を出て行った。

さゆりと芳子は、教室に取り残された。

左腕の中の芳子と、右手に持った母子像を、しばらくの間交互に見つめる。

なんだか、全て夢の中で起きた出来事のように感じた。

さゆりは、窓の外に目をやった。

いつの間にか雨が上がり、薄日が差し始めている。

雲間に顔を出した青空を見ながら、さゆりは、もう少し生きてみようと心に決めた。

II

1

兄と田中昇治の戦死の報が相次いで届いたのは、一九四四（昭和十九）年秋のことだった。

兄の出征以来、父はほとんど寝たきり状態だったが、今度は母が倒れた。昇治の死を知った姉のさゆりも、抜け殻のようになってしまった。

口うるさいが頼りがいのある兄と、陰ながら慕っていた昇治の訃報を聞き、しばらくの間は、文乃も、何をする気力も湧いてこなかった。しかし、寝込んでしまった両親を放っておくわけにはいかない。

医者からは、両親とも、心臓をはじめ全身が弱っていると言われていた。特に治療法があるわけではなく、滋養のあるものを食べてゆっくり静養するしかないという。

まだ十七歳だったが、文乃は、母や姉の着物を食料に替え、両親の看病をはじめ家事全般をこなした。この頃、文乃は、文字通り一家の大黒柱だった。

文乃は、子どもの頃喘息の症状があり、家族みんなから大事にしてもらった。特に母は、夜も寝ないで看病してくれ、突然発作を起こした文乃をおぶって、何度も近くの医者の許に駆け込んでくれた。今度は、自分が家族を助ける番だと思った。

それでも、文乃の奮闘空しく、家族の生活は困窮の一途をたどった。両親の病状も、一向に回復しなかった。

そんな一家の窮状を見かねて救いの手を差し伸べてくれたのが、以前から父と懇意にしていた杉村《すぎむら》だった。西陣で繊維会社を営む杉村は、北山にいくつも山林を所有する資産家でもある。妻は陸軍将校の娘で、義父の口利きで軍服や作業服の製造を請け負っているため、戦時中でも、杉村の会社は、それなりに利益を出していた。父の料亭には、接待で使うだけでなく、一家揃って食事に来ることもあった。

車で両親の見舞いに訪れた杉村は、生活の足しにと言って、大量の米や野菜、それに、鮭やミカンの缶詰を、運転手の男に運ばせた。文乃たち家族は、拝むようにしてそれを受け取った。ふくよかな身体つきで、口元にいつも穏やかな笑みを浮かべている杉村は、本当に仏様のように見えた。

終戦が間近に迫っていた翌年の春先、父が亡くなった。

通夜や葬式は、全て杉村が取り仕切ってくれた。そして、大金の入った香典袋の他、前と同じように、米と野菜、缶詰を置いていった。

母の看病をし、姉を励ましながら、文乃は、必死で家族の生活を支えた。さゆりも、少しずつ現実を受け入れるようになり、ある日、袋縫いの内職を探してきた。

病人を抱えた女だけの生活は苦しかったが、ときどき杉村が手配してくれる食料と、わずかだがさゆりの内職の収入のおかげで、一家の生活はなんとか持ちこたえていた。

終戦から一ヶ月ほど経った頃、三年振りに復員したというひとり息子の太一《たいち》を伴って、杉村が挨拶に訪れた。

いかにも坊ちゃん育ちの太一は、すでに三十歳近いはずだが、そのおっとりした雰囲気は、戦争を経ても全く変わっていない。過酷な戦場には送られずに済んだらしいが、それは、もしかしたら、杉村と妻が裏で手を回したからかもしれない。

さゆりと文乃を前に、太一は、ずっと、もじもじと落ち着かない様子だった。この人は何をしに来たのだろうと、文乃は訝しんだ。杉村は、「近いうちに改めてお邪魔する」という意味ありげな言葉を残して帰っていった。

その一週間後——。太一だけでなく、妻も伴って杉村はやって来た。杉村の妻は、両親の見舞いには一度も訪れたことがなく、会うのは数年振りだった。大黒さまのように福々しい顔をした杉村とは正反対の、狐のように吊り上がった細い目をした、見るからに意地の悪そうな顔をしている。

夫婦も太一も、正装といってもいい上等な着物を身に着けていた。もんぺ姿の母とふたりの娘は、恐縮しながら相対した。

ふたつの家族が向き合って座ると、いきなり杉村は切り出した。

「さゆりさんを、息子と結婚させたい」

「実は、村田さんとは、生前、こちらのお嬢さんのどちらかをうちの息子の嫁に、いう話をしてましたんや。この前、太一を連れてきたんは、さゆりさんと文乃さんのどちらを嫁にしたいか、決めさせるためでしたんや。太一は、さゆりさんといっしょになりたい、言うてるんです」

にこにことやさしげな笑みを浮かべながら、杉村は言った。その横で、太一は、顔を真っ赤にしながら膝に視線を落としている。

文乃たち家族は、あまりの驚きで、しばらくの間言葉が出なかった。一番動揺していたのはさゆりだった。

突然出てきた話ではあるが、杉村と父がしていたという結婚についての約束は、嘘ではないだろうと文乃は思った。戦争で男の数が減り、女が余っているこのご時世《よ》では、大きな繊維会社の跡取り息子なら、結婚相手など選り取り見取りのはずだ。父の料亭が存続していればともかく、今の状態で村田家から嫁を迎える意味は、杉村の家にはない。杉村は、生前の父との約束を果たそうとしているのだ。

昇治が生きていれば、父は、文乃を太一の嫁にと考えただろう。しかし、さゆりの婿にと思っていた昇治は、戦死してしまった。

「息子は、どうしてもさゆりさんがええ、言うてるんです。まあ、文乃さんは、まだお若いさかい」

さゆりは二十二、文乃は十八になる。

文乃は、隣に座る姉を横目で見た。姉は美しい。聡明で、大人の落ち着きもある。太一が選んだのは当然だと思う。

杉村は、母と文乃も、杉村の家でいっしょに暮らしたらいいと言ってくれた。

「それなら、さゆりさんも寂しくありませんやろ」

その言葉に、母は、泣きながら頭を下げた。

さゆりは、明らかに動揺していた。唇が震えているのがわかった。

それからしばらくの間、さゆりは、はっきり返事をすることを避けていた。杉村は、毎日のように家を訪れ、さゆりを説得した。

文乃は、結局この話は受けるしかないのだとわかっていた。

杉村には、これまでさんざん世話になっている。杉村がいなければ、一家は路頭に迷っていたかもしれないのだ。そして、もしこの話を断われば、今後杉村からの援助はなくなり、たちまち生活は困窮する。それに、ふたりの娘のうちどちらかを杉村家に嫁がせるのは、父の遺志でもある。

結婚の話が出て以来、さゆりは、ほとんど口を利かなくなった。夜中に布団の中からすすり泣く声が聞こえてきたこともある。

さゆりは、とうとう決意した。

文乃を連れて杉村の屋敷に行くと、さゆりは、杉村夫妻と太一の前で三つ指をつき、縁談を受けることを伝えた。

母は喜んだが、文乃の気持ちは複雑だった。さゆりがまだ昇治を忘れられないでいるのがわかっていたからだ。さゆりは明るく振る舞っていたが、その姿は痛々しかった。

その年の十月初め——。終戦直後にも拘わらず、さゆりと太一の祝言《しゅうげん》が、盛大に執り行なわれた。

文乃と母に与えられたのは、女中部屋だった。

いったいいくつ部屋があるのかわからないほど広大な屋敷の、母屋から離れた場所に造られた一画に、女中が寝泊まりする部屋が三つ並んでいる。戦前は、住み込みの女中を何人も抱えていたらしいが、今は、住んでいるのはキクという若い女だけで、部屋は空いていた。

さゆりたちの祝言が無事済んで間もなく、文乃は、自分が女中としてこの家に入れられたのだとわかった。それは、杉村の妻が決めたことだったらしい。

母の看病をしているとき以外は、キクといっしょに下働きをするよう、文乃は命じられた。母は定期的に医者の診察を受けられるようになり、食事も三度食べられるのだから、不満はなかった。生活の不安がなくなり、滋養のあるものを食べられるようになったからか、母の容体は、少しずつよくなっていった。

没落した料亭の娘を嫁に迎えることに元々反対だった杉村の妻は、病気の母親と次女まで自宅に住まわせることにも、最初、いい顔はしなかったらしい。

大旦那と若旦那は、母屋の空いている部屋に母と文乃を住まわせようとしたのだが、妻は強硬に反対した。そして、病気の母親の姿が屋敷を訪れた客の目に留まらないよう、ふたりを女中部屋に住まわせるよう主張した。妻のあまりの剣幕に、杉村も折れるしかなかったという。

八畳の一番広い女中部屋で、文乃と母は暮らし始めた。隣の四畳半がキクの部屋、その隣は空き部屋だった。

杉村の妻は、若奥様になったさゆりには、女中がするような下働きをすることを一切禁じ、女中部屋にもなるべく近づかないよう命じた。軍人の娘らしく、妻は、規律や秩序を重んじた。

それでも、さゆりは、杉村の妻に隠れて、ときどき文乃の仕事を手伝ってくれたし、一日に何度も母の様子を確かめにやって来た。さゆりが来ると、母の具合は少しよくなった。親子三人で過ごすその短い時間が、文乃にとっても一番心休まるときだった。

さゆりは、日に日に旧家の若奥様らしくなっていった。上等な着物を身に着け、キクに日傘を差しかけられながら街を歩いた。近所の者は、誰もが立ち止まってさゆりに挨拶し、きれいなお嫁さんだと噂した。

文乃は、ときどき、もし太一が自分を選んでいたら、姉と自分の立場は引っくり返っていたのだと考えることがある。若奥様として優雅に振舞う自分の姿と、たすき掛けしたさゆりが廊下を雑巾がけする姿を想像もした。

さゆりは、母の具合がもう少しよくなったら、文乃のためにいい縁談を探すと言ってくれていた。ところが、屋敷に住み始めて一年後、杉村の勧めで大学病院で精密検査を受けたところ、母の肝臓に腫瘍が見つかった。医者によると、体力的に手術は難しく、それほど長くは生きられないだろうという。

自分の縁談は、母が亡くなったあとのことになるだろうと、文乃は思った。それまでは、母の面倒を見ながら、女中として働くしかないのだと覚悟を決めた。

杉村の家で暮らし始めて二年半余りが過ぎた。

さゆりに子どもが生まれ、杉村家はいつにも増して華やいだ雰囲気に包まれていたが、母の具合は日増しに悪く、夏まではもたないだろうと医者には言われていた。

そんなとき、突然、目の前に昇治が現れた。

2

勝手口を出てすぐ、文乃は、道の向こう側の建物の陰に男が立っていることに気づいた。

しかし、まさか自分が知っている男だとは思わなかった。文乃は、顔を伏せ、目を合わせないようにして歩き出した。

男の前を通り過ぎようとしたとき、強い視線を感じた。

思わず顔を上げ、目を向ける。

次の瞬間、文乃は、あまりの驚きに息を呑んだ。

全身が硬直し、買い物籠が手から滑り落ちる。

「昇治、さん……」

最初は幽霊かと思った。しかし、男は、表情を動かすことなく、「しばらく」と言葉を返した。

わずか数メートルの距離で、文乃は、正面から昇治と向き合った。

昇治は、以前とは違っていた。

文乃が知っている昇治は、やさしく穏やかで理知的な顔立ちをしていた。でも、目の前にいる昇治は、以前には感じられなかった凄味や野性味を全身にまとわせている。戦争が彼を変えてしまったのだろうか。

「なんで？　戦死したって……」

やっとのことで、それだけ口にした。実家では葬式も終えているはずだ。

「この通り、僕は生きてる」

頭がくらくらと揺れた。この現実をどう捉えればいいのか、まるでわからない。

文乃は、自分たち家族の、今の状況を伝えた。昇治は、だいたいのことはわかっているという。

今日は、地元の旦那衆の集まりがあってさゆりも夫に同伴しており、夜は宴席がある。帰りは遅くなると伝えると、昇治は、明日の午後、「ノルマンディーの春」の前で待っているという。

その絵のことは知っていた。

昇治が出征してから一度だけ、文乃は、さゆりに連れられて日仏学館に行き、その絵を見たことがある。

そのとき、さゆりは、ここで昇治さんに求婚されたんだと、はにかんだ笑みを浮かべながら話した。そして、絵に手を合わせて、昇治の無事を祈っていた。その姿を、文乃は、複雑な思いで見つめた。

姉と昇治はいずれ結婚するだろうと、家族の誰もが思っていた。ただ、文乃も、少女らしい恋心を昇治に抱いていた。戦争が終わる頃には自分も大人の女性になっているはずだから、昇治の見る目が変わることだってある。そう考え、わずかな希望を抱いていた。

でも、さゆりが求婚されたと聞いて、その希望は打ち砕かれた。横で祈る姉の姿を見ながら、文乃の胸には、嫉妬や怒りや悲しみがないまぜになった激しい感情が湧き上がっていた。妹の気持ちが全くわかっていない姉が憎かった。

その夜、文乃は、ひと晩中、枕に顔を埋めて泣き続けた。

「いいね。『ノルマンディーの春』の前だよ」

昇治は念を押した。

「はい」

蚊の鳴くような声で返事をし、買い物籠を拾い上げると、文乃は、昇治に視線を向けたまま、あとずさるように歩き出した。

角を曲がる。昇治の姿が見えなくなる。

今起きたことが現実だとは思えなかった。自分は昇治の幻と話したのではないかと思った。

立ち止まって引き返し、建物の角から顔を出す。

逆方向に歩き出している昇治の後姿が見えた。幻ではない。

文乃は、塀に寄りかかって息をついた。心臓が、早鐘のように打っている。背中を冷たい汗が流れ落ちる。

何度も深呼吸を繰り返し、気持ちを落ち着かせる。

——昇治さんは生きていた。

このときになってようやく、それが現実なのだと理解した。

すると、いきなり涙が溢れ出した。

——昇治さんが生きていた、昇治さんが生きていた、昇治さんが——。

文乃は、心の中で何度も歓喜の声を上げた。

その場にしゃがみ込み、両手で顔を覆って、わんわんと声を上げて泣いた。通りすがりの人が、好奇心のこもった一瞥《いちべつ》を向ける。心配そうな顔で立ち止まる人もいる。

文乃は構わなかった。しばらくの間、人目もはばからず泣き続けた。

ひとしきり泣くと、不意に、別の現実が頭に浮かんだ。

――昇治さんとお姉ちゃんが会《お》うたら、何が起きるんやろう。

さゆりのことは、美人で頭がいい上に、気立てがよく、何があっても声を荒らげるようなことのない穏やかな性格だと、みんなは思っている。でも、文乃は、姉が、心の内に燃えるような激しい情動を秘めているのを知っていた。昇治が望めば、姉は、家を捨てて、もしかしたら生まれたばかりの赤ちゃんも置いて、駆け落ちするかもしれない。

寝たきりの母の姿が浮かんだ。

母にだけは、穏やかな死を迎えさせてあげたい。でも、さゆりが逃げたら、自分と母は、もうあの屋敷では暮らせない。

――今はまだ、昇治さんが生きてることは私しか知らへん。

それをさゆりに話すべきかどうか、文乃は迷い始めた。

3

肝臓に腫瘍が見つかってから今までの一年半余り――、母は、入退院を繰り返していた。

屋敷で暮らし始めてからの一時期は、外を散歩することもできるようになっていたのに、今では病状が進み、便所に立つこともできなくなっている。

ずっと入院させておくか、あるいは療養所のようなところを探そうかと、だいぶ前からさゆりには相談されていたが、文乃は、どちらも断わった。できるだけ自分で面倒が見たかったし、部屋でひとりきりになりたくなかった。さゆりの提案を、文乃は何度もはねつけた。

一番の問題は、垂れ流される糞尿だった。さゆりは、病院におむつを卸している製造業者に手を回し、母のために大量に買い込んでくれたが、実際の始末は、文乃がするしかない。布団をはがし、仰向けに寝かせて、着物を脱がせ、おむつを替えてから、盥《たらい》に入れたぬるま湯で身体を拭く。

八畳の部屋には糞尿の臭いが立ち込め、それは、窓を開け放しても消えなかった。

昇治と出会った日の夜も、文乃は、母のおむつを替え、身体を拭いた。

まだ五十代にも拘わらず母はボケが進んでおり、まるで人形のように横たわっているだけだった。おむつを替え、身体を拭いていると、くすぐったいのか、ケラケラと赤ん坊のような笑い声を上げた。

夜遅く、さゆりが部屋にやって来た。

外出から帰ったばかりなのだろう、さゆりは着物姿だった。薄紫の地に藤の花の模様をちりばめた着物に、白地に金の刺繍を施した帯。着物と帯を合わせた売値は、庶民が一年かけて得る収入よりまだ高いはずだ。それを、さゆりは優雅に着こなしている。

頰がほんのり赤く染まっているところをみると、宴席で酒を呑んできたらしい。

「どう？　お母ちゃんの具合」

眠っている母の顔を見下ろしながら、さゆりは尋ねた。

「あんまりようない」

「今日、旦那さんと話したんやけどな、やっぱり入院させるわ」

「もうちょっと、私が面倒見る」

今度入院したら、生きて出て来られないことはわかっている。もう少しだけ側にいてあげたかった。

「もう無理や」

さゆりは首を振った。

「あんたにも、これ以上苦労かけられへん。それに、病院やったら、ここにいるよりはちゃんとした治療ができるさかい」

文乃は、母の顔に目をやった。赤ちゃんのような、仏様のような寝顔をしている。

「明日、病院に行ってくる。先生には前から話してるさかい、すぐ入院できる思う」

それだけ言うと、さゆりは腰を浮かせた。

「お姉ちゃん」

「なに？」

再び腰を下ろす。

文乃は、まだ迷っていた。

話さなければ、昇治を裏切ったことになる。それは、昇治だけでなく、姉への裏切りでもある。でも、話したら、昇治は姉を連れて逃げてしまう。

「あのな……」

さゆりの顔を、まともに見ることはできない。文乃は、帯に目を向けた。

「もし——、もしもやで……、昇治さんが帰ってきたら、お姉ちゃん、どうする？」

「帰るって……」

さゆりが、訝しげな表情になる。

「昇治さんは亡くなったんやで。お葬式も終わって——」

「けどな……、最近、やっと復員してくる兵隊さんもおるやんか」

「なんや、突然」

「今日な、市場に行ったとき、死んだと思ってた身内が突然帰って来たて話してる人がいて……」

「けど、昇治さんの部隊は玉砕したんやで」

「まあ、そうなんやけど……、万が一ってこともあるやろ。ほんまに帰ってきたら、どうする？　この家出て、昇治さんと駆け落ちするか？」

上目遣いにさゆりを見る。

さゆりは、目を細めてじっとこっちを見つめていたが、

「わからへんわ、そんなん」

ため息まじりに、そう答えた。

「わからへん、て……」

「わからへんもんは、わからへん。そんな夢みたいなことが起きたら、自分がどうなるんか、想像もできひんわ」

文乃は、空唾を呑み込んだ。

さゆりは、否定しなかった。

——私には旦那さんがおるし、赤ちゃんも生まれたんやから、駆け落ちなんてようせんわ。

そう言ってくれることを、文乃は、心のどこかで期待していた。

「おかしなこと考えてんと。はよ寝」

笑いながらそう言うと、さゆりは立ち上がった。

ふたりが会ったら本当に駆け落ちしてしまうかもしれないと、文乃は思った。

——昇治のことを話してはいけない。

さゆりの後姿を見送りながら、文乃は決めた。

4

翌日の昼——。母にお粥を食べさせ、そのあとキクといっしょに昼食をとり、後片付けを済ませると、文乃は、日仏学館へ向かった。さゆりは、昨日言っていた通り、病院に出かけていた。

百万遍でチンチン電車を降り、東大路通を南に歩く。通の東には京都大学の敷地が広がっており、辺りには学生の姿が目につく。戦争が終わって再び学ぶことができる喜びからか、どの顔もとても生き生きしている。自分と同じ世代なのに、彼らの姿がとても眩しく見える。

数分で、日仏学館の前に着いた。

玄関をくぐり、階段の手前の廊下を進む。ホール入口の扉は開いていた。

巨大な絵の前に、こちらに背を向けて昇治が立っていた。しばらくの間、文乃は、少し逞《たくま》しくなったように見えるその背中を見つめた。

本当は、飛んで行って後ろから抱きつきたかった。生きていてくれて本当によかった――。そう言って、昇治の胸で泣きたかった。

歯を食いしばると、文乃は歩き出した。

足音に気づいたのか、昇治が振り返る。

その表情が翳るのが、はっきりとわかった。さゆりではなかったことに落胆したのは明らかだった。当然の反応だとわかってはいても、文乃は傷ついた。えぐられたように胸が痛んだ。

「姉さんは、来ません」

心を鬼にして、そう言った。

「どうして」

昇治は、呆然としている。

子どもが生まれたばかりだと伝えると、その表情が歪んだ。

姉のことは忘れてほしい、そっとしておいてほしい――。文乃がそう繰り返すと、昇治は、頭を掻きむしりながら絵の前をうろつき始めた。その姿が痛々しい。

――昇治さんは、お姉ちゃんのことしか考えてない。

文乃の胸は、張り裂けそうだった。

少しは、大人になった自分を見てほしかった。

――文乃ちゃんは、この五年間、どうしていたの？

そんな言葉をかけてほしかった。

しかし、今の昇治には、目の前の文乃など眼中にない。

昇治は、ひとこと言葉を交わすだけでもいいから、さゆりに会いたいと言った。そして、自分が宿泊している旅館の名前と場所を告げた。

「僕は、しばらくその旅館にいます。さゆりさんが来てくれるのを待っています。ほんの少しでいいから、時間を作ってほしい。そう伝えてください。いいですか？」

「はい」

文乃は、目を伏せ、うなずいた。

踵を返し、足早にホールから出る。

胸の中が燃えるように熱かった。

文乃は怒っていた。最初、それは、自分をただの伝書鳩のようにしか見てくれない昇治への怒りだった。

しかし、学館を出て東大路通を歩いているうち、違う人物に対する怒りが次々に噴き出してきた。

――母の糞尿の始末を一度もしたことがないさゆり。

――幼児のように我がままばかり言う母親。

――のろまで頭が悪いキク。

――自分を女中としか見ていない大旦那の妻。

そして、もうひとり――。殺したいほど憎い人物がいる。

怒りで身体が震えた。叫び出しそうになるのを必死でこらえ、前方を見据えたまま大股で歩き続ける。

向こうから歩いてくる人が、文乃を見て眉をひそめる。今の自分の顔は、おそらく般若《はんにゃ》のようなのだろうと思った。

これからどうするか、怒りに燃える頭で、文乃は考え続けた。

翌日は、午前中から来客が絶えず、次の日に入院が決まった母親の支度もあり、屋敷を抜け出すことができなかった。

次の日は、なだめすかしてやっと入院させたものの、家に帰りたいとぐずる母に付き添って、一日中病院にいなければならなかった。

その翌日は、朝から夕方まで病院で検査があり、この日もずっと母に付き添った。

文乃は焦っていた。なるべく早く旅館を訪ねるつもりだったのだ。ぐずぐずしていると、痺れを切らした昇治が、屋敷を訪ねて来ないとも限らない。そんなことになる前に、「さゆりは会いに来ない」と伝えるつもりだった。そして、今度こそ自分の気持ちを打ち明けようと思っていた。昇治には、姉ではなく自分を選んでほしかった。

しかし、文乃の知らないところで、怖れていたことが起きた。

翌日の午後――。突然、さゆりが病室にやって来た。

5

「ふみちゃん、ちょっと」

病室に一歩入ると、さゆりは手招きした。

母のベッドは、六人部屋の、入口に一番近いところにある。文乃は、母のベッドの横に置いた椅子に腰かけていた。

ひと目見て、何かあったのだとわかった。さゆりは、最近では見たことがないような険しい表情をしていた。

文乃は立ち上がった。眠り込んでいる母を残して、さゆりといっしょに廊下に出る。

「外に行きましょう」

囁くようにして告げると、さゆりは、先に歩き出した。

病室は二階にある。階段を降りて、裏口から外に出る。

すぐそこを鴨川が流れていた。正面に見える大文字山の斜面には、「大」の文字が浮かんでいる。

川に向かって進み、その土手に立つと、さゆりは立ち止まった。身体ごと文乃のほうに向き直る。近くに人の姿はない。

「あんた、この前、昇治さんのこと話してたな」

睨むように文乃を見ながら、さゆりは言った。

やはり昇治のことだ。

「うん」

必死で動揺を抑えながら答える。

「あんた、もしかして、昇治さんと会《お》うたんやないの？」

心臓が大きく一度跳ねた。

「会うたって……、なんでそんなこと……」

「今日の昼前——、ほんの何時間か前や。キクといっしょに家を出たとき、建物の陰に男の人がいたんや。はっきり顔を見たわけやあらへん。ほんの一瞬、横顔が見えただけやけど……、その人、昇治さんによう似てた」

文乃は息を呑んだ。

昇治に間違いない。やはり痺れを切らして、屋敷の前に行ったのだ。

しかし、さゆりは、ちゃんと顔を見たわけではなさそうだ。

「その男の人、それからどうしたん？　お姉ちゃん、声、かけへんかったんか？」

「それが……、私らに背中向けて走っていってしもたんや」

文乃は安堵した。どうして昇治が逃げたのかはわからない。でも、そのおかげで、さゆりは、それが昇治だという確信は持てていない。

「あんた、昇治さんが生きてるて、知ってたんやないの？　そやから、あんなこと——」

「まさか」

文乃は、口元に笑みを作った。

「あれは、たまたま市場で聞いた話を言うただけや。だいたい、お姉ちゃんが見たんが昇治さんやったら、なんで走って逃げたりすんねん」

「それは、そうやけど……」

さゆりは顔をしかめた。

「きっと他人の空似や。私がこの前、昇治さんが帰ってきたらどうする、なんて話したから、そのことが頭の片隅に残ってて……、ちょっと似た人見て、昇治さんかもしれへんて思い込んだんやろ」

「そうやろか」

さゆりは、まだ腑に落ちないという顔つきだ。

「きっとそうや」

今度は、軽く声を上げて笑った。ここは、なんとしても他人の空似だと信じさせなければならない。

嘘をついているという後ろめたさはなかった。ただ、これでもう後戻りはできないという覚悟が生まれた。

「昇治さんが生きてるてわかってたら、私、真っ先にお姉ちゃんに報告するわ」

すらすらと嘘が出た。

「そうか……、そうやな……」

妹に裏切られているなど、思いもよらないだろう。さゆりは、納得したようだった。

「行こう。お母ちゃんが目ぇ覚ます」

今度は、文乃が先に立って歩き出す。

動揺で身体が震えていた。悟られないため、速足で進む。奥歯を噛みしめ、拳を握り締めて震えを抑える。

母は、まだ眠りこけていた。

じりじりしながら、文乃は、さゆりが帰るのを待った。

6

さゆりが病室を出て行くとすぐ、文乃は洗面所に向かった。

元々、この日の夕方には旅館に行くつもりだった。そのために、化粧道具を持ってきている。鏡の前でパフをはたき、口紅を塗り、いつもは後ろでひっ詰めている髪をほどいて丁寧に梳《と》かす。

母はまだ眠っている。急いで病院を出て、チンチン電車に飛び乗った。ぐずぐずしてはいられない。昇治を自分のものにしなければならない。

木屋町通にある旅館は、すぐにわかった。

小ぢんまりとした造りの奥行きのある二階建てで、門構えには、老舗の風格のようなものが感じられた。決して安い旅館ではない。昇治は、それなりの金を所持しているようだ。

開いている扉をぐって玄関に入ると、すぐに若い女中が飛んできた。目の前にひざまずき、「おいでやす」と言いながら頭を下げる。

田中さんに会いに来た、と告げると、その女中は、まず、値踏みするようにじろじろと文乃を見た。そして、愛想笑いを浮かべながら、二階の部屋に案内してくれた。

昇治は、酒を呑んでいた。赤い目をこっちに向けると、日仏学館のときと同じように、落胆した表情になった。

座卓を挟んで、昇治の正面に腰を下ろす。

これからどうしたらいいか、文乃は、酔った昇治を見ながら考えた。

女中が、座卓の上を片付け始めた。空の徳利を数本お盆に載せると、意味ありげな笑みを浮かべながら「ごゆっくり」と声をかける。

——この女中は、私と昇治さんをそういう仲だと勘ぐっている。

そう思われているということが、文乃の背中を押した。

「ずっと、姉さんを待ってはるんですね」

まず、そう言った。病院でさゆりから聞いたことは、黙っているつもりだった。

「もう待ってはいないさ」

昇治が吐き捨てる。

意外な答えに、文乃は驚いた。

「どうかしはったんですか？」

「今日、屋敷の前で、赤ちゃんを抱いたさゆりさんを見た。幸せそうだった。僕が地獄にいたときに、さゆりさんは、天国への切符を手に入れたってわけだ」

それを聞いて、文乃は、心の中で歓喜した。喜びが顔に出ないよう、あえてしかめ面を作り、淡々と会話を続ける。

昇治は、自分とさゆりとでは、もう住んでいる世界が違う、とも口にした。

「これでわかったでしょ？　姉さんがここに来ない理由が」

「ああ。よーくわかった」

空の徳利を投げ捨て、その場にごろりと横になる。

天井を見上げる昇治の表情には、何かを吹っ切ったような様子がうかがえた。

——昇治さんは、姉さんのことをあきらめた。

胸の奥から、勇気が湧き出した。告白するなら今しかないと思った。

「私やったら、だめですか？」

大の字に横になった昇治に向かって、文乃は言った。

座卓を回って、昇治の横にすり寄る。

驚いて、昇治が上半身を起こす。

「私、昇治さんのこと、ずっと好きでした」

今まで言えなかったこと、決して言ってはいけなかったことを、文乃は、初めて口にした。

「何を言ってるんだ」

「五年前はまだ子どもやったけど、今はもう大人です。私ではお姉ちゃんの代わりになりませんか？」

昇治さん——、と名を呼びながら、文乃はにじり寄った。

「お姉ちゃんはここには来ません。今日は、それを伝えに来たんです。けど、私となら、何も問題はありません。私をあの家から連れ出してください」

「連れ出す？」

「私は、あの家では女中と同じです。母が世話になってるから、それは仕方がありません。でも、母は入院しました。もう私が世話をする必要はないんです。昇治さんといっしょなら、私は、どこにでも——」

「さゆりさんは——、このことを、知ってるのか？」

「私が昇治さんのことを好きなのは、気づいてる思います。わかっていて、こうして私を使いに寄越してるんです。昇治さんは、私が嫌いですか？　私じゃだめですか？」

自分でも驚くほど、スラスラと言葉が出た。目からは、自然に涙がこぼれ落ちた。

昇治の顔を見つめたまま、文乃は、ブラウスのボタンを上から外していった。昇治の視線が、露になった胸の膨らみに向くのがわかった。

昇治の手が、肩を摑む。そのまま押し倒される。

身に着けているものが剝ぎ取られていく。

昇治が女性に慣れていないことは、すぐにわかった。

荒々しく、ぎこちなく、昇治は文乃を抱いた。

文乃は、初めてではなかった。

でも、初めてのふりをした。

固く身体を閉じ、痛がり、呻き——、本当は、歓喜の声を上げたいほどだったが、歯を食いしばって耐えた。

そして、終わったあとは、恥じらいながら昇治から顔を背けた。

翌日からは、病院に行くと言って屋敷を抜け出し、ほとんど毎日、旅館に向かった。

昇治は、いつも朝から酒を呑んでいた。

文乃が行くと、敷きっぱなしにしている布団に押し倒し、まるで強姦するようにして抱いた。

何度目かまでは苦痛に顔を歪める芝居をしたが、それからは、快感を隠さなくなった。

文乃は、思い切り身体を開き、愉悦の声を上げた。

抱かれる前も、抱かれているときも、抱かれてからも、「私を連れて逃げて」と、文乃は、昇治の耳元で繰り返した。

女中部屋に母をひとり残して姿を消すのは、さすがにためらわれたが、今は大きな病院にいる。自分がいなくなっても、面倒を見てくれる人がいる。文乃は、一日も早く屋敷から出て行きたかった。昇治とさゆりが顔を合わせることを怖れた。

しかし、昇治の態度は煮え切らなかった。「わかってる」と曖昧な答えを返すだけで、いつ、どこに逃げるのか、具体的なことは何も口にしない。文乃は苛立った。昇治をなじり、徳利を投げつけ、泣きながら「早く私を連れて逃げて」と懇願した。

ある日――、「明日荷物をまとめてここに来るからすぐ逃げよう」と一方的に提案したが、昇治は取り合わなかった。「もう少し待て」とだけ答え、言い返そうとする文乃の口を、唇で塞いだ。

その日から、文乃は、焦る気持ちを必死で抑えるようになった。自分が感情的になり過ぎたら、昇治は、うんざりして姿を消してしまうかもしれないと思ったのだ。

文乃は、身体を与え続けた。そうしていれば、昇治は、自分から離れられなくなるはずだ。そう信じ、旅館に通い続けた。

そうやって数週間が過ぎた頃、母の容体が急に悪化した。医者は、もって数日だろうと言う。

「母のお葬式が済んだら、私を連れて逃げて」

昇治に取りすがりながら、文乃は耳元で囁いた。

「もう待たれへん。母が死んだら、私があの家におらなあかん理由はあらへん。お願いやから約束して」

これをきっかけにしなければ、と思った。それ以上は待てない。

「わかった。そうしよう」

昇治は言った。

今度の「わかった」は、それまでの曖昧な声の調子とは違っているように思えた。ようやく決断してくれたのかもしれない。

「ほんまやね？　私を女にしたんは昇治さんなんやから、責任はとってもらわんと」

「ああ」

面倒くさそうに応えると、昇治は酒を呷った。

「ここで待ってて。お葬式が終わったら、私、荷物まとめて家を出るさかい」

「ああ」

「ほんまにほんまやで。きっとやで。約束やで」

くどいくらい繰り返すと、文乃は部屋を出た。

五日後――、母は息を引き取った。
悲しくないわけではない。ただ、それよりも、文乃の胸は、昇治との将来への期待で膨らんでいた。

7

表でさゆりの悲鳴が聞こえたとき、文乃には、何が起きたのかすぐにわかった。

母の亡骸の横に座っていた文乃は、跳ねるようにして立ち上がり、玄関に向かった。

屋敷のすぐ前で、さゆりは膝をついていた。両手で口を覆い、目を見開いて身体を震わせている。

さゆりが顔を向けているほうを見たが、そこにはもう誰の姿もない。しかし、さっきまでそこに昇治が立っていたのは間違いない。

文乃は、怒り心頭に発した。なんで、今、こんなところに来たのだと、昇治を呪った。

しかし、何があっても、もう引き返せない。自分の未来は、昇治の手の中にある。

さゆりは、誰もいない道にずっと視線を向けたままでいる。

遅れて外に出てきたキクに、心配ないと旦那様に伝えるよう言いつけると、文乃は、自分もひざまずいてさゆりの肩を抱いた。

さゆりが、文乃に顔を向ける。

「あんた、知ってたんやね」

怒りからか、声が震えている。その目は真っ赤だ。

「あとで話すから。とりあえず中へ入ろ」

さゆりの身体を支えて起き上がらせる。

もう一刻の猶予もない、と文乃は思った。なんとかすぐにここを抜け出して、昇治の許に向かわなければ。

どうするか考えを巡らせながら、屋敷の中に戻る。

玄関には、心配そうな顔をして若旦那の太一が立っていた。

何があったのか訊く太一に、文乃は、

「ちょっと、気ぃが動転したみたいです。少し横になれば大丈夫や思います」

そう答え、太一の横に突っ立っているキクに、床をのべるように言いつけた。

真っ青な顔のさゆりの腕を取り、廊下を奥に進む。大旦那と狐目の妻も廊下に出てきていたが、頭を下げるだけで横を取り過ぎる。

部屋に入ると、キクが、ちょうど布団を敷き終えるところだった。

太一が続いて部屋に入ってきたが、文乃は、しばらくふたりきりにしてほしいと頼んだ。

「ほんまに大丈夫なんか？」

おろおろしながら、太一がさゆりに尋ねる。

「すいません。大丈夫です。少しふたりにしてください」

頭を下げながらさゆりが答えると、太一は、渋々といった様子で部屋を出て行った。

文乃とさゆりは、向かい合って正座した。廊下を足音が遠ざかるのを、無言のまま待つ。

「何があったか、全部話して」

やがて、静かな声でさゆりは言った。感情を必死で抑えているように見える。

数週間前、勝手口でいきなり昇治に声をかけられたのだと、まず文乃は言った。

しかし、本当のことはそれだけだった。それからは、この部屋に入るまでに考えていた嘘を淀みなく話した。

昇治は、さゆりが繊維会社の跡取りの妻になったことは知っていたが、赤ちゃんが生まれたばかりだと伝えると激しく動揺した。

文乃は、一度ふたりきりで会って話したらどうだと提案したが、昇治は、会わずに姿を消したほうがさゆりのためだと答えた。

それでも未練は断ち切れなかったらしく、ずっと旅館に滞在して、たまにさゆりの姿を見に来ていたようだ。

さゆりに姿を見られたことで、昇治は、京都からいなくなるだろう。今頃はどこか遠い場所に向かっているはずだ。

「全部、お姉ちゃんのことを考えてのことや」

最後に、しんみりとした口調で文乃は告げた。

「なんで、あんた、私に言うてくれへんかったんや」

さゆりが、文乃の肩を摑んで揺する。

「あんた、昇治さんが生きてたら、すぐ私に話すて言うてたやんか」

「かんにんやで。昇治さんに口止めされてたんや」

「なんでや、なんでや――」

泣きながら繰り返すと、さゆりは、ずるずると文乃の膝の上に崩れ落ちた。

その背中をゆっくり撫でる。

そうしながらも、気持ちは焦っていた。早く旅館に行かないと、昇治は、本当に京都からいなくなってしまうかもしれない。

「しばらく休んどき。誰も来させんようにしとくから」

さゆりの身体を布団の上に横たわらせると、文乃は、そっと部屋を出た。人影のない廊下を進む。

「ふみちゃん」

文乃の姿を見て、別の部屋にいた太一が呼び止めた。

それまで吸っていたタバコをもみ消し、廊下に出てくる。

「いったい、何があったんや」

強張った顔で太一は訊いた。

「建物の陰に立ってた人影が、母に見えたみたいです。母が幽霊になって帰って来たと思ったらしくて……。すいませんが、少しの間、そっとしておいてあげてください」

そう説明すると、文乃は、お辞儀して太一の横をすり抜けた。廊下を右に曲がり、左に進み、屋敷の外れに三つ並んだ女中部屋の一番端の襖を開ける。

文乃は、喪服を脱ぎ捨て、ブラウスとスカートに着替えた。

家出するときのための荷物は、すでにまとめてある。大きな鞄を抱え、誰にも見られないようにして勝手口から外に出る。

大通りに出ると、ちょうど輪タクが通りかかった。自転車の後ろに客席を取り付けただけの代物だが、バスやチンチン電車を乗り継ぐよりは、木屋町まで早く着く。

手を上げて止め、乗り込みながら行く先を告げる。

「急いで」

強い口調で告げると、ハンドルを握った中年の男は「へい」とひとこと言葉を返し、勢いをつけてペダルをこぎ出した。

夕暮れの京都の街を、チンチン電車と競争するように、輪タクが飛ばす。のろのろと走る電車を自転車が追い越していく。

街角には物乞いの姿が目につく。その中には、首から空き缶をぶら下げている片足を失った傷痍《しょうい》軍人や、ぼさぼさの髪にぼろをまとった母と幼子の姿もある。闇市のバラックには裸電球の明かりが灯り、酒が呑める屋台には、シャツ一枚だけを身に着けた男たちが群がっている。

木屋町通に入り、高瀬川沿いをしばらく進むと、旅館が見えてきた。いくらか余分に料金を払うと、文乃は、玄関に飛び込んだ。

見覚えのある女中が、驚いた顔を向ける。

「田中さんは！」

怒鳴るように声をかけると、女中は、怯えたように首をすくめた。

「部屋にいんの⁉」

「いえ」

ぶるぶると首を振る。

「ほんのさっき、荷物をまとめて出ていかはりました」

「どこへ⁉」

「わかりまへん。なんにも言うてはりませんでした」

全身から血の気が引いた。昇治は、自分を置いて逃げたのか。

再び玄関を飛び出す。輪タクはまだそこにあった。男は、道端に腰を下ろしてタバコに火を点けようとしている。

「駅まで、急いで！　お礼は弾むから！」

有無を言わせず客席に飛び乗った。慌ててタバコを胸ポケットにしまい、男がサドルにまたがる。

昇治が向かうのは、故郷の四日市なのか、それとも、全然別の場所なのか――。どちらにしても、列車に乗り込まれてしまったら終わりだ。捜すアテは全くない。

さすがに漕ぎ疲れたのか、自転車の速度は上がらない。苛々しながら、男を叱咤する。

ようやく駅前に着いた。ひとごみを掻き分けて構内に入り、入場券を買うと、上りのホームを目指して走った。

ホームには、名古屋行きの列車が停まっていた。

四日市までどうやって行ったらいいのか、文乃は知らなかった。ただ、京都より東にあることだけはわかっている。もしまだ昇治が京都を離れていないのなら、目の前の名古屋行きに乗車している可能性が高い。

ホームには、大きな荷物を手にした人々の姿が目についた。荷物を横に置いて車座になって座り、タバコをふかしながら大声で話す男たちもいる。昇治を捜しながら、そんな人たちの間を縫うようにしてホームを端まで進む。しかし、昇治の姿はない。

文乃は、先頭車両に乗り込んだ。

座席はほとんどが埋まり、通路まで荷物が溢れている。今度は、荷物の間を縫うようにして後方車両に向かう。

最後尾の車両に着いた。昇治の姿はなかった。

呆然としながら、文乃は列車を降りた。

思えば、さゆりの悲鳴を聞いてから屋敷を出るまで、少なくとも四十分はかかっている。京都を離れる気なら、昇治は、とっくに列車に乗っているはずだ。

——昇治の行き先はまるでわからない。

——屋敷にはもう帰れない。

文乃は絶望した。ふらふらと歩き出す。

そのとき、ホームにあるスピーカーで、貨物列車の通過が伝えられた。

顔を上げると、遠くから列車が近づいてくるのが見えた。通過ということは、速度を下げずに通り過ぎるということだ。

死のう、と文乃は決めた。
大きくなる列車の影を見ながら、ホームの端に向かう。
先頭車両が駅に差しかかった。
あと一歩踏み出せば、ホームの下に落ちる。
目を閉じ、足を出す。
「こら！」
怒声と同時に、腕を引っ張られた。
ハッとして振り返ると、目の前に駅員の顔があった。
足をもつれさせ、その場に倒れる。
ホームに横たわったまま、文乃は、辺りを見回した。
人々が、口々に何か叫んでいる。
たくさんの人が自分を見下ろしている。
音が遠くなり、目の前の景色がぼやけていく。
次の瞬間、頭の中が真っ白になった。
文乃は失神した。

8

意識を取り戻したとき、最初に目に飛び込んできたのは、白衣を着た若い男の顔だった。男は、文乃の右手首を軽く握り、自分の腕時計に目を向けている。脈をとっているのだ。ここが病院で、男が医者なのは明らかだった。医者の横には、険しい顔をした中年の看護婦が立っている。

「じっとして」

起き上がろうとした文乃を、看護婦が止めた。

最初は、何が起きたのかわからなかった。しかし、次第に記憶が甦ってきた。駅のホーム、貨物列車、駅員の顔、倒れた自分を見下ろす人々の姿――。

文乃は跳ね起きた。

すぐに出て行かなければ、と思った。身元を知られる前に行方をくらまさなければ。そして、今度こそ死ななければ。

驚いた顔を向ける医者を突き飛ばし、ベッドから飛び下りる。

しかし、身体に力が入らない。よろけたところを、看護婦に抱きかかえられる。医者とふたりがかりで、文乃は、またベッドに戻された。

暴れる文乃を押さえつけながら、医者が、「鎮静剤！」と看護婦に命じる。

「急いで！」

医者は、文乃の上に馬乗りになった。悲鳴を上げながら暴れるが、動かせるのは足の先だけだ。バタバタとベッドを叩いて抵抗するが、医者はびくともしない。

注射器を医者に渡すと、看護婦は、文乃の左手首を握って、ベッドに押さえつけた。ちくりとした痛みと共に左腕に針が刺さった。注射器の中の液体が減っていく。

それでも、しばらくの間、文乃はもがいた。

「お願い、行かせて！」

泣きながら医者に懇願した。

しかし、すぐに、頭に霞がかかり始めた。腕や足から感覚がなくなっていく。

文乃は、深い眠りに落ちた。

次に目覚めたときには、夜が明けていた。カーテンは閉ざされていたが、淡い光が病室に差し込んでいる。

目の前に、さゆりがいた。

「お姉ちゃん」

思わず口にした。

ベッドの横に座ったさゆりは、悲しげな顔で文乃を見つめている。目を動かして、ひとり部屋の狭い病室を見回したが、他には誰もいない。

「なんで、ここがわかったん？」

身元を示すようなものは持っていなかったはずだ。

「警察がな、あんたの持ち物調べたんや。そしたら、財布の中に、お母ちゃんが入院してた病院の領収書が入ってて……、それで、警察が病院に問い合わせて、うちに連絡がきたんや」

文乃は顔をしかめた。領収書には、母の名前が入っている。一週間ぐらい前に治療費を払ったとき、畳んで財布に入れ、そのままにしていたのだ。昇治のことで頭が一杯で、完全に忘れていた。

「お姉ちゃん、私――」

そこで、言葉に詰まった。

「今は話さんでええ。落ち着いたらちゃんと聞くから。旦那さんたちには、あんたがひとりで家出して、お母ちゃんのあとを追って自殺しようとしたところを助けられたって、そう言うてある」

さゆりは、おそらく、昨日自分が話したことは嘘だとわかっている。駆け落ちしようとして、昇治に逃げられたのだと気づいている。

「ごめん、お姉ちゃん」

文乃は、両手で顔を覆った。さゆりの顔をまともに見ることができない。

「とにかく、命が助かってよかった。しばらくの間は、ゆっくり休んだらええ」

「私は、もうあの家には帰らへん」

「そんなこと言うて……。あんたひとりやったら、生きていかれへんやろ。お姉ちゃんが守ってあげるさかい、とりあえず帰ろ」

「無理や、もう」

「そんなことない。大旦那さんも太一さんも、ちゃんと連れて帰って来いて言うてくれてはる。ただな……、葬式は遠慮してもうたほうがええやろて……、ふみちゃんには申し訳ないけど」

今日は母の葬式がある。自殺までしかけた文乃の精神状態を危惧しているのだろう。杉村家の家族には、葬式の場で面倒を起こされたらかなわないと思われたのかもしれない。

「明日の昼まではここにいられるようにしておいたさかい、ゆっくり休み。明日迎えに来るから」

それだけ言い置くと、さゆりは病室を出て行った。

――またあの屋敷に戻る。

ひとりきりになると、ぞわぞわとした恐怖が身体の底から湧き上がってきた。

それが新たな地獄の始まりだということを、さゆりは知らない。

9

杉村家では、誰も迎えに出てくれなかった。

翌日の午後――、さゆりに付き添われて、文乃は、勝手口から屋敷に入った。廊下は、静まり返っていた。

襖を開けると、母の臭いがした。死にかけた人間の体臭と、糞尿の臭いが、畳にも、壁にも、天井にも染みついているのだ。

「とりあえずお休み。杉村のご家族には、夜に挨拶すればいいから」

そのまま立ち去ろうとするさゆりを、文乃は止めた。

「今、話したい。何があったか聞いてほしい」

こうなったからには、早く話しておきたかった。

本当のことを知ったら、さゆりは怒るだろう。自分を屋敷から追い出したくなったら、そうすればいいと思った。

さゆりは、改めて正座した。強張った表情を文乃に向ける。

昇治と出会ったときのことから、文乃は、正直に全てを話した。女中としか見られていない今の境遇に我慢できず、昇治の手で別の世界へ連れ出してほしかった。以前から昇治を慕っていたということも告白した。

最後まで、ひとことも口を挟むことなく、表情を変えることもなく、さゆりは聞いた。

「ごめんね」

何故か、さゆりはあやまった。目には涙を浮かべている。

「あんたがそんなに苦しんでるなんて、思うてもなかった。お母ちゃんが亡くなったら、いい縁談探して、ちゃんとお式を挙げて……、それで、あんたには幸せになってほしかった」

さゆりにわからないように、文乃は、小さくため息をついた。

さゆりは何もわかっていない。自分の本当の苦しみを知らない。

喉まで、本当のことが出かかった。本当の地獄について話してしまいたいという思いが湧いた。しかし、話せば、自分だけでなく、さゆりも全てを失ってしまう。

「今の話は、杉村の家族には黙っとき。あんたは、ひとりで家を出て、ひとりで死のうとした。そういうことにしておけばええ」

文乃は、黙ってうなずいた。


その夜――。夕食の前に、文乃は、大旦那とその妻、そして太一の前で、三つ指をついて頭を下げた。

大旦那は、いつものように、ふくよかな顔に仏の微笑を浮かべた。

「もう、済んだことはええ。これまで通りしてくれればええんや」

狐目の妻は、顔を合わすのも汚らわしいと思っているのか、終始そっぽを向いていた。

太一は、いつも通り、おどおどしながら両親の顔色をうかがっている。

「ほんまに申し訳ありませんでした」

文乃は、畳に額をこすりつけた。

体調が元に戻ったら家出すると、文乃は決めていた。ここは、とにかく下手に出ておくことだと自分に言い聞かせた。

さゆりに付き添われて、部屋に戻った。

母が亡くなる少し前から、身体がだるく、胃がムカムカするようになっていた。疲れがたまっているのかもしれない。昨日ホームで失神したのも、体調の悪さが影響していたのだと思う。

この状態では、すぐに家出は難しそうだ。でも、そんなにぐずぐずしてはいられない。

今はとにかく休むことだと、文乃は思った。

いつでも横になれるよう、寝間着に着替え、押入れから布団を出して敷く。

ほどなく、さゆりが、夕食といっしょに、その膳の上にアジサイを一輪挿しにした花瓶を載せて部屋に来た。

「きれいやろ。さっき庭で切ったんや」

白く細長い花瓶に、紫色の見事なアジサイが挿してある。

さゆりは、花を座卓に、夕食の膳は、文乃の前に置いた。

食欲がないと言うと、何か口に入れないと毒だから、ちょっとでも食べるようにと諭す。

「キクは？」

文乃は尋ねた。今日は姿を見ていない。夕食の膳も、キクが運んでくるのが普通だ。

「今日は、お休みをあげたんや」

キクは、一ヶ月に一日だけ休みをもらえることになっている。そのときは、いつも嵐山にある実家にひと晩泊まっていた。ただ、この前の休みから、まだ二週間も経っていない。

「なんで、こんなに早く……」

「今日は特別や。お葬式までの間てんてこまいで、よう頑張ってくれたからいうて、大旦那さんが」

「せやったら、今日は、嵐山に？」

「そらそうやろ。大旦那さんがお寿司の折を持たせてあげたさかい、大喜びで帰っていったわ」

文乃は、頬を歪めた。

まさかこんなに早く、地獄がやってくるとは思ってもいなかった。

三分の一ほど手をつけたところで、箸が止まった。

自分で台所に運び、後片付けを済ます。みんなの分の洗い物もしようとしたが、それはさゆりに止められた。

部屋に引き返し、明かりを消して、布団に潜り込む。

今日は何も起こりませんようにと、文乃は祈った。しかし、何もないわけがないことは、よくわかっていた。

震えながら、文乃は、そのときを待った。

深夜——。外から、ホー、ホー、という鳥の不気味な鳴き声が聞こえてきた。その声に混じり、廊下で足音がする。

ミシ、ミシ、ミシ——。床を踏む音が、次第に大きくなる。

文乃は、覚悟を決めた。上半身を起こし、敷布団の上に正座する。

部屋の前で、足音が止まる。

するすると襖が開いた。

10

廊下に立つ大旦那の杉村は、「臭いな」と言いながら顔をしかめた。

「こっちへ」

部屋には一歩も入らず、おいでおいでするように手を振る。

「今日は、かんにんしてください」

文乃は、手をつき、頭を下げた。

「お前、わしに逆らう気ぃか?」

仏の顔が、一瞬にして悪魔の形相に変わった。

＊

杉村との関係が始まったのは、屋敷で暮らし始めて一年数ヶ月が過ぎた頃だった。

キクが休みの日の午後――、台所で洗い物をしていた文乃の横に立つと、

「ちょっと話があるさかい、夜、寝んと待っとき。誰にも言うたらあかんで」

杉村は、そう囁いた。

なんのことか、文乃にはわからなかった。ただ、大旦那の言いつけとあらば、そうするしかなかった。

その日は、母も入院していて、女中部屋が並ぶ一画には、文乃しかいなかった。

時刻は、午前零時を過ぎていた。文乃は、眠りたいのを我慢して壁にもたれていた。とうとう耐え切れず、こっくりこっくりと舟をこぎ始めたとき――。

廊下で足音が響いた。

文乃は、ハッと目を開けた。居住まいを正し、襖のほうを向いて正座する。

「文乃、起きてるか？」

廊下で声がしたかと思うと、返事をする間もなく襖が開いた。

杉村は寝間着姿だ。

「ここは病人の臭いがするな」

そう言いながら顔をしかめると、

「こっちへおいで」

仏の顔で、おいでおいでするように手を振った。

なんの考えもなく、文乃は立ち上がった。

杉村は、廊下を歩き出した。キクのいない隣の部屋の前を通り過ぎ、元から空き部屋になっている女中部屋の前に立つ。

振り返り、後ろから文乃がついてきていることを確かめると、杉村は、目の前の襖を開けて中に入った。手を伸ばして、天井からぶら下がった裸電球の摘みを捻る。

四畳半の部屋には、何もなかった。擦り切れた畳と、染みの浮き出た壁が目についた。

文乃は、杉村が何をしようとしているのか、まだわかっていなかった。

廊下に立ったままの文乃に、中に入って襖を閉めるよう杉村が命じる。

言われた通り、襖を閉めたとき――、いきなり腕を掴まれた。

振り回されるようにして畳に倒される。

あまりの驚きで、声を上げることができなかった。文乃の上に馬乗りになると、杉村の大きな手が口を覆った。

「声を出すな」

さっきまでの仏の顔は消え、杉村の顔は悪魔の形相に変わっていた。

「わかってる思うが、お前ら家族はわしが助けてやったんや。さゆりをこの家の若奥様にしてやったんも、いい医者を母親につけてやったんも、お前に三度の飯を食べさせてやってるんも、このわしの力や。わしに逆らうとどうなるか、わかってるやろ？」

今度は、驚きではなく、恐怖で声が出せなかった。

杉村は、馬乗りになったまま寝間着を剝ぎ取っていった。足をばたつかせて抵抗したが、杉村はびくともしなかった。

口を覆っていた手が離れたとき、やっと悲鳴を上げかけたが、今度は喉を摑まれた。凄い力で締め上げられる。

「おとなしくしてたら、悪いようにはせん。ほんのちょっとの辛抱や」

胸がはだけられ、乳房が露になった。そこに、杉村は顔をつけた。

あまりの怖気《おぞけ》で、全身に鳥肌が立った。同時に、抵抗する気力が失せた。喉から指が離れても、声は出なかった。

　文乃は、固く目を閉じた。


　最初のうち、杉村がやって来るのは、キクが休みの日と母の入院が重なっているときだけだった。そのうち、母の入院に合わせて、キクに休みを与えるようになった。しかし、半年ほど前に母がボケていることがわかると、入院していなくても、月に一度のキクの休みには、必ずやって来るようになった。そして、空き部屋で犯された。

　杉村のいびきがうるさいというので、夫婦の寝室はずいぶん前から別だという。深夜に自分の寝室を抜け出しても、気づかれる心配はない。おそらく、これまでにも女中に手をつけたことがあったに違いない。

「姉を息子の嫁にして、私を自分の妾にしようて、最初から考えてたんですか?」

　ある日、文乃は、自分の寝室に戻ろうとしている杉村に向かって尋ねたことがある。杉村は、笑いながら、そんなことはない、と答えた。

「最初は、ほんまに義侠心からや。死んだ友人の家族が困ってんの見て、助けてやろうて思った。ほんまやで。けどな、ここに来てから、お前がどんどん女らしゅうなって……、母親のためにけなげに働いてる姿見てるうちに……、なんや、だんだん自分のものにしたいて思うようになったんや」

この屋敷に住み始めた頃、栄養失調のせいで、文乃は痩せ細っていた。三度の栄養のある食事が、思春期だった娘の身体を変えた。胸も尻もふくよかになり、腰もくびれ、すっかり大人の身体になった。その変化を、杉村は、好色な目で見ていたのだ。

そういえば——、と文乃は思い出した。風呂上がりに浴衣姿でいるとき、廊下を雑巾がけしているとき、庭で洗濯物を干しているとき——、ふと、杉村の視線を感じることがあった。自分が女として見られていたのだと、初めて文乃は気づいた。

「ひと月にいっぺんだけのことや。それぐらいやったらなんともないやろ。そのうち、わしが、いい縁談探してきてやる。黙っとったら誰にもわかりゃせん。生娘《きむすめ》の振りして嫁に行ったらええんや」

そう言い放つと、杉村は、カラカラと笑い声を上げながら部屋を出て行った。

初めて犯されてから、文乃は、何度家出しようと思ったかわからない。しかし、母を置き去りにはできなかった。それに、さゆりの立場も悪くなる。

文乃は、我慢した。自分さえ耐えればいいのだと言い聞かせた。

でも、もう限界だった。母は天国に行った。さゆりには子どももできた。自分が家出したからといって、さゆりまで追い出されることはないはずだ。

何より、二度と杉村になど抱かれたくなかった。

＊

「もう、かんにんしてください」

もう一度、文乃は言った。

杉村が部屋に入ってくる。

文乃の目の前にひざまずくと、顔を突き出した。

「お前、男がおるやろ」

酒臭い息を吐きながら、杉村が囁く。

「何をおっしゃるんです」

文乃は目を上げた。

「わしの目をごまかせる、思てるんか？」

杉村は、唇を歪めて笑った。

「おかしい思たんは、この前抱いたときや。身体が変わっとった。わしだけのときは、あ

んな肌やなかった。お前の身体はな、自分じゃ気づかんかもしれへんけど、惚れた男がで
きて、そいつに身も心も捧げた女の身体になっとったんや」
杉村の手が、寝間着の隙間から突っ込まれた。乳房を握られる。ヒッ――、と思わず声
が出た。
「病院に出かけたあと、ずいぶん帰りが遅いて思てたんや。それでピンときた。逢引きや
てな。わしは、人を雇って、お前のあとをつけさせた。そしたら、案の定や。お前は木屋
町の旅館に行った。女中に金渡したら、逢引きの相手も教えてくれたそうや。田中昇治て、
何者や」
文乃は震え上がった。
「誰や」
乳房が強く握られる。
「かんにんしてください」
痛みに悶えながら、文乃は、必死で許しを請うた。
「ずいぶん金回りのいい男やそうやな。朝から酒浸りで、仕出し屋から豪勢な食いもんと
って、一日中宿に籠っとるそうやないか。そんな男、ろくなもんやないやろ。どこぞのや
くざモンか？　そいつとは、どこで知り合《お》うた。ちゃんと説明せんか！」

杉村の顔がさらに近づく。

頭に塗ったポマードの濃厚な香りが鼻をつく。

不意に、吐き気がこみ上げた。ウッ、と呻くと、文乃は、杉村を突き飛ばした。苦い液体がこみ上げ、畳に吐く。

「お前……」

それを見て、杉村は眉をひそめた。

「腹に子どもがおるんか？」

文乃は、あまりの驚きに息を止め、目を見開いた。

まさか、と思った。しかし、それなら、このところの体調の変化にも説明がつく。昇治とそういう関係になってから一ヶ月近く。早い時期に妊娠していたのなら、つわりの症状が出始めてもおかしくはない。

「そうなんか？」

「わかりません」

杉村から顔を背けて答える。本当にわからない。

「もしそうなら、すぐに堕ろせ」

杉村は、眉を吊り上げた。

「そんな男の子どもなんぞ、産むのは絶対に許さん」

文乃も、もし妊娠しているなら、昇治の子に間違いないと思った。

「けど、もしかしたら――」

杉村の子という可能性もある。

「わしは子種が薄い。これまで何十人も女はいたが、子は一度もできひんかった。太一も、五年目でやっとできた子や。ひと月にいっぺんしかしてへんのに、子どもなんぞできるはずがない」

「産ませてください」

思わず、そう口にした。自分で言ったことなのに、自分で驚いていた。ただ、この子だけは守らなければと思った。

「わしに逆らういうんか」

寝間着の首筋を摑んで引き寄せられる。

文乃はもがいた。そこに平手が飛んだ。左頰を叩かれ、右側に倒れる。腕が座卓にあたり、載っていた花瓶が倒れて畳に落ちる。

文乃を引き起こそうと、また杉村の腕が伸びる。

咄嗟に、花瓶を摑んだ。身体を起こしながら、思い切り腕を振る。

花瓶が杉村の左側頭部に当たった。

——ガシャッ、という音と同時に、下半分が砕け散る。

——挿してあったアジサイが宙を舞う。

残った花瓶の上部を握ったまま、文乃は、スローモーションを見るように、その光景を見た。

倒れ込んだ杉村の左耳の上が切れ、血が流れ出す。

畳に滴り落ちる自分の真っ赤な血を見て、杉村は逆上した。

「このあま!」

鬼の形相で向かってくる。

文乃は、無我夢中で、握っている花瓶を突き出した。割れて尖っていた部分が、杉村の喉を切り裂く。

血が噴き出し、文乃の顔に降りかかった。

喉を押さえて、杉村がのたうち回り始める。

それを見て、文乃は、逆に冷静になった。

これまでの屈辱と怒り、憎しみが、雨音のように静かに胸を打つ。

水溜まりは広がり、全身から滲み出す。

枕を拾い上げると、文乃は、最初に犯されたとき杉村にされたように、今度は杉村を仰向けにして馬乗りになった。両膝で腕の付け根を押さえつけ、枕を顔に押しあてる。

杉村は、必死で手足をばたつかせた。文乃は、力を振り絞って耐えた。

やがて、ゼンマイが切れたおもちゃのように、杉村は動かなくなった。

文乃は、ぺたんと尻もちをついた。白目を剝いて息絶えている杉村を見ながら、ぜいぜいと荒い息を繰り返す。

いつまでそうしていたかわからない。ゆらりと、文乃は立ち上がった。

廊下に出て、ふらふらと歩き始める。

左に折れ、右に曲がり、杉村の家族の寝室の前に出る。

そこで膝をつくと、文乃は叫び出した。

ギャー、ギャー、ギャー、と獣のように吠えた。

最初に廊下に飛び出してきた狐目の妻は、血塗《ちまみ》れの文乃を見て腰を抜かした。

続いて現れた太一は、棒のようにその場に立ち尽くした。

さゆりは、最後に廊下に出てきた。太一を押しのけるようにして前に出ると、血塗れの妹の前に呆然とした表情でひざまずく。

「ごめんな、お姉ちゃん」

掠れた声でつぶやくと、文乃は、さゆりの腕の中で意識を失った。

Ⅲ

――二〇〇〇（平成十二）年十月

「文乃さんが起こした事件のことを私が知ったんは、文乃さんが刑務所を出てうちに来てからです。私が高校生のときでした。それまで、母からは、すみれちゃんのお母さんは行方がわからへんとだけ言われていました」

全てを話し終えたあと、芳子は、そう付け加えた。

真相を知って、明日香は愕然としていた。ただ、まだはっきりしていないことが少しある。

「文乃さんは、刑務所ですみれちゃんを産んだのね？」

「そうです。生まれてしばらくして、母が引き取りました。そのときはまだ、金銭的な援助は続いてましたから、生活はなんとかなったんです」

「前に、あなたは、世間体のために、大旦那さんが家を買ったり援助をしてくれたと言った。本当は、援助してくれたのは、あなたのお父さん、太一さんだったの？」

「そうです。父は、祖母には隠して、私たちを援助してくれました。祖母は、事件が起きたあとすぐ、母と私を家から追い出したようですけど……、裁判では、祖父がしてたことも明らかになりました。祖父がしたことを考えれば、一方的に文乃さんを責めるわけにはいかへんし、だいたい、母には何の罪もないわけですから……、父は、私たち母子を路頭に迷わせるのは忍びないと思ったんでしょう。私は全然覚えていませんが、再婚するまでは、ちょくちょく家にも訪ねて来てたようです」

文乃が起こした事件のあと、スキャンダルで信用を失った杉村の会社の経営は、徐々に傾き始めた。社長に就任した太一は、数年後に見合い結婚し、子どももうけたが、業績は上向かず、会社は倒産する。その後は洋服のブランドを立ち上げたものの、売り上げはさっぱりで、あげくに、部下に資金を持ち逃げされたり、質の悪い原材料を高額で売りつけられたりして、資金繰りに息詰まり、その会社も倒産。離婚し、失意のうちに病死したという。

「入院したという知らせをもらってから、父には一度だけ、病室で会いました。母と、文乃さんもいっしょでした」

「お父さん、文乃さんのこと恨んでた？」

「いえ。むしろ祖父のことを憎んでました。事件が起きるまでは尊敬してたのに、表で見せる仏の顔の裏にそんな隠された顔があったなんて知らんかった。お前たちにはほんまにすまないことをしたって、私たちに泣いてあやまってくれました」

「太一さんて、心根のやさしい人だったんだね」

「そう思います。商売の才能はなかったかもしれませんけど」

芳子は薄く笑った。

「文乃さんが出所するまでは、さゆりさん、働きながら、ひとりであなたとすみれちゃんの面倒を見てたの？」

「ええ」

「大変だったでしょうね」

「私たち家族が幸運だったのは、隣に、とても親切なご夫婦が住んでたことです。ふたりとも定年退職したばかりの小学校の先生で、私とすみれちゃんのことを、ほんまの孫のように可愛がってくれました。母が仕事をしているときはご夫婦が預かってくれて、ご飯も食べさせてくれました。私もすみれちゃんも、本当のおじいちゃん、おばあちゃんのように思ってました。ふたりとも、だいぶ前に亡くなりましたけど、命日にはずっと、家族でお墓参りに行ってました」

不運や悲劇ばかりは続かない。踏ん張って生きていれば、幸運も楽しいこともやってくる。人生とは、そういうものだ。

「最初の質問に戻るけど――」

明日香は、改めて芳子の顔を見た。

「すみれちゃんて、本当に昇治の子なの？　ＤＮＡ鑑定のようなことはしなかったの？」

芳子は首を振った。

「私が最初、明日香さんたちと会うのを拒否したのは、文乃さんを置いて逃げた男に、いまさら自分たちに関わってほしくないって気持ちがあったからですけど――、もうひとつ、そのことも頭を過ったからなんです」

「ＤＮＡ鑑定？」

「はい」

苦しげな表情で、芳子がうなずく。

「文乃さんだけやなく、母も、すみれちゃんは昇治さんの子やと信じてました。誰も、関係を強要された男の子どもやなんて思いたくないでしょう。せやから、私たちは、すみれちゃんを昇治さんの子として育ててきたんです。ＤＮＡ鑑定しようなんて、誰も言い出しませんでした。けど、昇治さんがこのことを知れば、もしかしたら、鑑定を要求するかもしれません。当然の権利です。それで、万が一昇治さんの子やないてわかったら……、私たちは、文乃さんが殺したいほど憎んでいた男との間にできた子を、育ててきたことになります。すみれちゃんは天使のような子でしたけど、それでも、世話をするんが大変なときもありました。母は、とても苦労したと思います。せやのに、昇治さんの子やないなんてことになったら、私自身がどんな気持ちになるか、亡くなった母や文乃さんになんて報告したらいいんか……、私、混乱してしまって……」

「それで、私たちには、事件のことだけは黙っていようとしたの？　文乃さんが処女だったと昇治に思わせておけば、自分の子だと信じるから」

「ＤＮＡ鑑定だけのことやありません。いまさら事件のことを話して昇治さんが苦しんでも、誰も幸福にはなりません。文乃さんは、自分が事件を起こしたことと昇治さんのこととは、関係ないと話していました。祖父のことは、ずっと殺したいほど憎んでいた。だから、昇治さんが現れなくても、自分は、遅かれ早かれ同じことをしていただろうって」

「そっか……」

明日香が微笑む。

「私も、昇治のためには、話さずにおいてくれてよかったと思う。もしかしたら、今頃天国で本当のことを全部知って、仰天してるかもしれないけど」

ふたりは、顔を見合わせて少し笑った。

「昇治が小説家だってこと、さゆりさんが知ったのは、正確にはいつ頃だったのかな。わかる？」

何がきっかけでさゆりが昇治の小説を読み始めたのか、以前尋ねたとき、芳子は「それはわからない」と答えていた。

「正確に、ですか……。ええと……」

芳子は目を細めた。

「母が昇治さんの本を買い始めたのは……、確か、私が三十歳ぐらいのときやったから……、七十年代の終わりぐらいやと思いますけど」

昇治の前科が雑誌に取り上げられた頃だ。やはりさゆりは、あの雑誌を目にしていたのだ。

「文乃さんは、どうだったのかな。昇治のこと、知ってたと思う？」

「わかりません」

芳子は首を振った。

——さゆりは、文乃に教えただろうか？

もし文乃が知ったとしたら、昇治に連絡を取ろうとするのではないかと明日香は思った。昇治の子を産んだことを伝えようとしてもおかしくない。しかし、そんな連絡はなかったはずだ。

「ああ、そういえば——」

わずかに目を見開くと、芳子は言葉を継いだ。

「今、思い出したんですけど……、文乃さんは、入院する前、母とふたりきりで出かけたことがあって……。あとで、どこに行ったのか訊いたら、日仏学館て言うてました。どんなことを話したのかは、訊いても教えてくれませんでしたけど、日仏学館は、昇治さんとの思い出の場所やし……。そのとき、昇治さんのことを何か話したかもしれません」

「ふうん……」

ふたりは、「ノルマンディーの春」の前に立った。そこで話すのなら、やはり昇治のことのはずだ。

もしかしたら、そのとき話したことが、手紙に書いてあった「どうしても伝えたいこと」の内容なのかもしれない。

さゆりは、本当は昇治に何を伝えたかったのだろうと、明日香は思った。

IV

1

――一九九〇（平成二）年七月

さゆりと文乃は、「ノルマンディーの春」の前に立った。

文乃は、明日から入院することになっている。その前にふたりだけで日仏学館に行こうと誘われ、ここに来た。昇治のことを話したいのだということは薄々わかったが、ここに来てから、文乃は、目の前の巨大な絵画にじっと目を向けたまま黙り込んでいる。

ふと人の気配を感じてさゆりが横を見ると、コック服を着た若い女性が、微笑みながらふたりの様子を見ていた。

「すいません」

慌てて頭を下げる。

レストランなのに、テーブルにつかず、ずっと絵の前に突っ立っていては、他の客に迷惑だろう。

「あ、いいんです」

女性が、胸の前で手を振る。

「絵を見るためにここにおみえになるお客さまもいらっしゃいます。どうぞごゆっくり」

「この絵は特別なんです」

つぶやくように、さゆりは言った。

「もう何十年も前のことですけど、私にはとてもいい思い出があって……」

「そうなんですか」

女性が笑顔でうなずく。

「あ、けど、食事もしますから」

さゆりは、慌てて付け加えた。元々そのつもりだった。

入院する前に「ノルマンディーの春」を見ながら食事がしたい、と言い出したのは、文乃のほうだった。ここがレストランになっているのは知っていたが、ふたりとも来店するのは初めてだ。

「では、こちらの席へ」

女性は、近くのテーブルに誘導してくれた。そこからなら、食事をしながら間近に絵を見ることができる。

ランチメニューの注文をとると、女性は、丁寧にお辞儀をしてから踵を返した。

「ここはな、私にとっても、思い出の場所なんや」

女性がテーブルを離れると、文乃は、ぽつりとそう漏らした。

「お姉ちゃんにはいい思い出かもしれへんけど、私には苦い思い出や」

「苦い思い出？」

「うん」

文乃がうなずく。

「ここで、昇治さんと待ち合わせしたんや。ほんまは、昇治さんが待ってたんはお姉ちゃんやったんやけど」

そのことは、昔、文乃から聞いたことがある。昇治は、結婚を約束したこの場所で、自分を待っていた。

「そのとき、私を見た昇治さんがな、すごいガッカリした顔になったんや。お姉ちゃんを待ってたのに、来たのは私やったんやから、ガッカリして当たり前なんやけど……。そのとき、私、悔しくて、惨めで――、絶対にお姉ちゃんから昇治さんを奪ってやるて決めたんや。酷いやろ。ほんまにごめん」

「そんなん、もう昔のことやんか」

さゆりは笑った。もう四十年以上も前のことだ。

「けどな――、私が、昇治さんが生きてることをお姉ちゃんにちゃんと伝えてたら、お姉ちゃんと昇治さんはいっしょになれてたはずなんや」

「そんなことないよ。もう結婚してたんやし、芳子も生まれたところやったし……、駆け落ちなんて簡単には――」

「そうやない」

強い口調で文乃は否定した。

「私が、勇気出して、あの男が私にしてたことを、奥さんと太一さんの前で話すことができてたら、お姉ちゃんは太一さんと離婚したやろ。家を追い出されるんやなくて、こっちから離縁状叩きつけて出て行けたはずや。そうなったら、お姉ちゃんは、誰はばかることなく昇治さんといっしょになれたんや。私、お姉ちゃんと昇治さんにほんまに申し訳ないことしたて思てるんや」

「なに言うてんの。勇気とか、そういう問題やないやろ。私があんたの立場やったとしても、旦那さんにされてたこと、人前でなんてよう口にできひんかった思うよ」

「けど――」

「あんたは被害者なんや。私には申し訳ないなんて思わんといて。絶対に」

「けどな――、昇治さんは、多分今でも、お姉ちゃん本人が昇治さんと会うのを避けたんやて思てる。私が伝えてへんかったことを知らずにいる。もうすぐ死ぬんやて思たら、そのことがなんや、頭に引っかかって――」

「死ぬなんて……」

「ええよ、嘘つかんでも。自分の身体のことやもん、だいたいわかるよ。もう手術もできひんくらい、癌が進んでるんやろ」

さゆりは唇を噛んだ。もってあと数ヶ月だろうと、医師は言っていた。文乃には話していないが、本人は気づいていたのだ。

「なあ、お姉ちゃん」

文乃は、身体ごとさゆりに向き直った。

「昇治さんを捜すことって、できひんかな」

さゆりは、驚きに目を見開いた。

昇治が小説家になっていることを、文乃は知らない。さゆりは、たまたま美容院で手に取った雑誌で知ったが、文乃には黙っていた。昔の嫌な記憶を思い出してほしくなかった。

「捜して……、どうすんの？」

「死ぬ前に、ちゃんとあやまりたい。ほんまのことを話したいんや。すみれのことも知ってほしい」

文乃は真剣だった。思い詰めたような表情でさゆりを見た。

気持ちはわからないでもない。文乃は、心残りのないように逝きたいのだろう。

ただ、京都から逃げたあと、大阪で自暴自棄の生活をしていた昇治は、その頃京都で起きた殺人事件のことなど知らないだろう。文乃と会わせたら、事件についても知ることになる。自分が逃げたことがきっかけで文乃が人を殺したと知ったら、昇治は苦しむはずだ。せっかく小説家として成功して、陽のあたる人生を歩んでいるのに、四十年以上前のことで苦しんでなどほしくない。すみれの存在も、今になって知ったところで、昇治を戸惑わせるだけだろう。

何も知らないほうがいいのだ、とさゆりは思う。

さゆりは、今でも昇治を愛していた。

「けど、捜すいうても難しいやろ」

文乃から目を逸らすと、さゆりは言った。

「どこで何してるか、まるでわからへんのやから」

「やっぱり無理やろか」

ため息まじりに文乃が漏らす。

「そうやな。今頃になってそんなこと言うても、手遅れやな」

自分に言い聞かせるように、文乃はつぶやいた。

本当のことが、喉まで出かかった。しかし、さゆりは堪えた。文乃より、昇治のことを考えた。文乃が起こした事件のことを、知られたくなかった。

「私はもう無理かもしれへんけど……、お姉ちゃん、もし——、万が一の可能性かもしれへんけど……、昇治さんと会えたら、私に代わってあやまってくれる？」

「わかった」

さゆりは答えた。でも、会うことなどないだろうと思った。

そこで、ちょうど料理が運ばれてきた。

すると、不意に昇治の顔がさゆりの脳裏に浮かんだ。

――昇治さんも、ここに来ることがあるだろうか。

できればふたりでこの席に座り、ゆっくり食事をしながら、飽きるまで「ノルマンディーの春」を鑑賞したかった。

自分の目の前で、笑顔でナイフとフォークを使う昇治の姿が見えたような気がした。


三ヶ月後――。

さゆりと芳子に見守られ、すみれの手を握りながら、文乃は逝った。

そして、その二年後――。

さゆりの脳に腫瘍が見つかった。

2

――一九九三（平成五）年四月
自分がもうすぐ死ぬのだとわかったとき、さゆりは、文乃の気持ちを理解した。

できれば、何も思い残すことなく逝きたい。もう一度だけ昇治に会いたい。

さゆりにも、昇治に伝えたいことがあった。藤田嗣治のことだ。

富士山と蛙の絵を描いたのは、本当に藤田画伯だった。

そして、再会した藤田に、自分は命を救われた。

そのことを昇治に伝えたかった。

病状が進むにつれて、意識は混濁し、過去と現在の区別がつかなくなった。そんな中、何度も繰り返し頭の中に出てくるのは、「ノルマンディーの春」だった。その前に立つ若々しい昇治の姿も浮かんだ。

文乃に言われたことも思い出した。

文乃の代わりに昇治にあやまらなければならない。それが文乃の遺志なのだ。

ただ、殺人のことだけは隠したい。

でも、それは大丈夫だと思った。文乃は、もうこの世にいない。

芳子にさえ口止めしておけば、事件のことは伏せて、こちらの思いだけを伝えることができる。

意識がはっきりしているとき、さゆりは、便箋にペンを走らせた。

手紙には「どうしても伝えたいことがある」と書いた。でも、それは口実だと自分でわかっていた。死ぬ前に、もう一度だけ昇治の顔が見たかった。

看護婦に頼んで手紙を投かんしてもらってから、毎日、少女のようにドキドキしながら返事を待った。

命が尽きるまでに昇治と再会できることだけを、さゆりは願った。

エピローグ

——二〇二三（令和五）年四月

死顔は穏やかだった。

母が危篤《きとく》だという連絡を受けるとすぐ、沙希は、リュックに身の回りの物だけを詰めて、ニューヨークから東京に向かった。コロナの影響などもあって、日本に帰るのは五年振りだ。

リビングで母が倒れているのを見つけたのは、いつも通り昼前に家に来た、通いの家政婦だったという。そのときはまだ微かに意識があったらしく、すぐに救急車が呼ばれた。父と同じ脳梗塞だったが、倒れてから時間が経っていたこともあり、治療の甲斐なく、翌日には息を引き取った。

葬式には、夫も駆けつけた。アフリカ系アメリカ人の建築家である彼は、父、昇治の葬式のとき初めて来日して以来、沙希といっしょに何度か日本を訪れている。沙希自身は、フリーランスのカメラマンとして、五十代になった今も、ファッション誌を中心に仕事を続けていた。

通夜と葬式の段取りは、父の最後の担当編集者で、母とも長年付き合いのあった浮橋が取り仕切ってくれた。浮橋は、出版社の文芸部長に出世しており、部下を顎でこき使っていた。

葬式には、芳子と彼女の夫も、揃って列席してくれた。そのとき、時間があったら京都にも寄ってほしいと言われていた。見せたいものがあるという。沙希は、必ず行くと約束した。遺産に関する手続きなどがあるため、しばらくの間日本に残ることになっていたから、時間は取れる。

ニューヨークに帰る夫を成田で見送ったあと、沙希は、その足で京都に向かった。

一乗寺にある芳子の家には、一九九三年に初めて行って以来、日本に帰って来るたびに訪問した。たいていは母といっしょだったが、ひとりで訪ねることもあった。

すみれが亡くなる前年には、ふたりだけで写真撮影に出かけた。すみれと沙希は、はしゃぎながら、花や山や空――、そしてお互いに向けて、何十回もシャッターを切った。葬式の遺影には、そのとき沙希が撮った、楽しそうに笑うすみれの写真が使われた。

母とは、今は「アンスティチュ・フランセ関西」と名を変えている旧関西日仏学館にも行った。

芳子が披露宴をした「ル・フジタ」は別の場所に移転してしまったし、広い庭からは、噴水や藤棚、それに大きな菩提樹の木がなくなっており、昔と比べるとずいぶん様変わりした。でも、「ノルマンディーの春」は学館一階のロビーに展示されており、自由に鑑賞することができる。

——昇治とさゆりさんが結婚できてたら、死ぬまでに何回もここに来てただろうね。

フジタの描いた巨大な絵の前で、母は、そう漏らした。

一乗寺には、夕方に着いた。ここに来るのも五年振りだ。

芳子と彼女の夫は、施設を定年退職してから、障がい者の就労を支援するためのＮＰＯ法人を起ち上げており、退職前より忙しくしているという。この日も、夫は出張で留守だった。芳子が、沙希を迎えてくれた。

何度もリフォームを重ねた芳子の家は、外観は初めて来たときとはずいぶん変わっているが、中に入れば間取りは同じで、玄関に漂う匂いも昔と同じだった。懐かしい思いが湧いた。

短い廊下を進み、芳子のあとについてリビングに入る。

そこで、沙希は足を止めた。

息を呑みながら、正面の壁に目を向ける。

それが芳子の「見せたいもの」なのだと、すぐにわかった。

リビングの壁に、それぞれ大きさの違う額縁に入った絵が三点、並んで掛けられていた。

右側に、さゆりと赤ちゃんの芳子を描いた母子像。

左側に、富士山と蛙が描かれた小さな線画。

そして、真ん中には——。

「明日香さんの最後の作品です。一年前にいただきました」

横に立つ沙希に向かって、芳子は言った。

それは、縦一メートル、横一・五メートルほどの油彩画だった。

背景に描かれているのは、間違いなく「ノルマンディーの春」だ。

そして、その前に、正面を向いてふたりの老人が立っている。

ひとりは、父、昇治。

ひとりは、さゆり。

ふたりは、しっかりと手を繋ぎ、幸せそうに笑っている。

「母さんらしいな」

沙希はつぶやいた。

生きているときには叶わなかった父の夢を、母は、絵の中で叶えてあげたのだ。

――天国で三角関係になって、もめてなければいいけど。

母の遺作を見ながら、沙希は、小さく笑みを漏らした。

あとがき（謝辞にかえて）

本作に登場する「関西日仏学館」は、「アンスティチュ・フランセ関西」と名称を変え、現在も百万遍近くに実在しています。同館では、フランス語講座の他、展覧会や音楽会など各種文化イベントが催されるほか、庭園で月に一度開かれるマルシェは、いつも地元の人で賑わっています。「ノルマンディーの春」は、一階ロビーに展示されており、来館者は誰でも自由に鑑賞することができます。

やはり本作に登場するレストラン「ル・フジタ」は、シェフが他界されたあと移転し、現在は、「アンスティチュ・フランセ関西」から南に六百メートルほど下がったところにある店舗（店名は同じ「ル・フジタ」）で、亡きシェフの奥さまである野村昭子《のむらあきこ》さんと、お嬢さまの三穂《みほ》さんが、テイクアウト専門のお店を営んでおられます。執筆にあたり、おふたりには、大変貴重なお話をうかがうことができました。

京都弁の添削は、前作『京都文学小景　物語の生まれた街角で』に続き、中木屋有咲《なかきやありさ》氏にお願いしました。

執筆にあたりご協力下さった皆さまに、この場を借りて厚く御礼申し上げます。

なお、本作には藤田嗣治が実名で登場しますが、(藤田が登場する場面を含めて)ストーリーは作者が創作したフィクションであり、史実とは異なる部分も含まれています。

●参考文献　『藤田嗣治「異邦人」の生涯』近藤史人著(講談社文庫)
その他、インターネット等の情報も参考にしました。

光文社文庫

文庫書下ろし
レオナール・フジタのお守《まも》り
著　者　大《おお》　石《いし》　直《なお》　紀《き》

2023年2月20日　初版1刷発行

発行者　三　宅　貴　久
印　刷　新　藤　慶　昌　堂
製　本　榎　本　製　本

発行所　株式会社　光　文　社
〒112-8011　東京都文京区音羽1-16-6
電話（03）5395-8149　編　集　部
8116　書籍販売部
8125　業　務　部

ISBN978-4-334-79491-0　Printed in Japan

組版　萩原印刷

光文社文庫最新刊

一分	坂岡 真
レオナール・フジタのお守り	大石直紀
三つのアリバイ 女子大生桜川東子《さくらがわはるこ》の推理	鯨 統一郎
ブルシャーク	雪富千晶紀
スノーバウンド@札幌連続殺人	平石貴樹
なぜ、そのウイスキーが謎を招いたのか	三沢陽一
友が消えた夏 終わらない探偵物語	門前典之